龍神の100番目の後宮妃

～宿命の契り～

皐月なおみ

STARTS
スターツ出版株式会社

目次

龍神の100番目の後宮妃〜宿命の契り〜

序章　百の妃の懐妊

「ひゃ、百のお妃さま、翠鈴《スイリン》妃さま、ご懐妊にございます！」

宮廷のすべての家臣と後宮の妃が息を呑《の》んで見守る中、術者が皆に向かって宣言する。青白い月が浮かぶ夜の空を揺るがすほどのどよめきが起こった。

ある者は悲鳴をあげて卒倒し。

ある者はなにかの間違いだと隣の者と怒鳴り合う。

大寺院は、混乱を極めた。皇帝の御前であるにもかかわらず、皆失望を隠しきれないでいる。

だがそれも仕方のないことだった。皇帝の子すなわち世継ぎを宿したのが、皇后に一番近いとされている一の妃ではなく、よりによって数合わせのために後宮へやってきた百番目の妃だったのだから。

七色に染まる泉の中で、翠鈴は震えていた。驚きと同時に襲いくる絶望感に、どうにかなってしまいそうだ。

自分は皇帝の子を身ごもることを期待されていない妃。寵愛《ちょうあい》を受けるはずのなかった妃だ。

ただ国の端でのどかに暮らしていた村娘にすぎないのに……。

玉座に鎮座する気高く美しい皇帝の瞳を見つめながら、どうしてこんなことになったのかと、翠鈴は考えを巡《めぐ》らせていた――。

第一章　百番目の妃

広大な国土を誇る水凱国《すいがこく》は豊かな水源に恵まれた国である。龍神が皇帝として治めるこの国は、かつては嵐がやまぬ荒れた土地だった。

困り果てた国を治める百の部族の長たちは、天界の龍神へ会いに行った。

『龍神さま、地上へ降りてこの国を治めてくださいませ。さすれば、私たちの娘、百人をあなたさまの妃として差し出します』

龍神はその願いをすぐには聞き入れなかった。

『神は地上に降りられぬ。人の持つ欲、邪《よこしま》な心、汚いものが、我の身体を蝕《むしば》む。やがては邪神となるだろう』

するとひとりの長が進み出て、龍神に進言した。

『我が部族には人を癒《い》やす〝翡翠《ひすい》の手〟を持つ娘がおります。その者をあなたさまの〝宿命の妃〟とし、地上の汚れたものから、お守りすることをお約束いたします』

龍神はその願いを聞き入れて、地上に降り皇帝となった。

嵐はやみ、水凱国に平穏が訪れた。

――それから三千年が経《た》った。

とっぷりと日が沈んだ夜の寝室。天蓋《てんがい》に囲まれた大きな寝台の上で、銀髪の男が横たわっている。月明かりに清められた心地よい空気の中、静まり返ったこの部屋に、ひたりひたりと近づく三つの足音。

「皇帝陛下、一のお妃さまが参られました」

扉の向こうからの呼びかけに、男が顔を上げ重い身体を引きずるように起き上がると、扉が開き女官ふたりを従えた細身の女が入室した。

途端に、ムッとする不快な空気が流れ込む。

女が纏《まと》う甘ったるい花のような香りに、男は眉間に皺《しわ》を寄せた。

女官が下がると、一の妃と呼ばれた女は、冷たい床に跪《ひざまず》く。薄い夜着を身につけて艶《つや》やかな黒い髪を背中に流し、ほんのりと薄化粧を施している。口もとにうっすらと浮かぶ笑みは慎み深く控えめで、この国で理想とされる女人そのものである。

しかし、男の心は動かなかった。

「……下がりなさい」

それだけ告げて、顔を背ける。

女が美しい顔をわずかに歪《ゆが》めて、か細い声を出した。

「皇帝陛下、お情けを……」

控えめで切実な響きを帯びた彼女の呼びかけに、男は憐憫《れんびん》の念を抱く。だが、決断は変わらない。

「私に夜伽《よとぎ》は必要ない」

「……陛下。体調が思わしくないのではございませんか？　翡翠の手の使い手として、診察をさせてくださいませ」

女は男を気遣うが、男は首を縦には振らなかった。

「今宵は必要ない。……下がりなさい」

国の最高権力者からの命令に、女は唇を噛《か》むが素直に従った。

蓮《はす》模様の豪華な木彫りの扉が静かに閉まると、澱《よど》んだ空気が少しましになる。

男はホッと息を吐いた。

毎夜、入れ替わり訪れる妃たちに罪はないが、心底煩《わずら》わしい時間だった。どのように美しい娘が来ようとも、心は微塵《みじん》も動かされない。男が彼女たちに触れることはない。

女が纏う不快な空気にあてられて、こめかみがズキズキと痛み、男が顔を歪めた時、また外から声がかかる。

「陛下、夜分遅く失礼いたします。よろしいですかな」

「ああ」

応えると、入室したのは宰相の黄福律《オウフールー》だった。

「皇帝陛下……劉弦《リュウゲン》さま、我が娘に不足がございますかな。お気に召さないところがございましたら改めさせます」

丁寧な言葉の中に、責めるような響きが滲《にじ》む。稀代《きだい》の美人と名高い自らの娘、しかも翡翠の手の使い手であり、一の妃である彼女を下がらせた劉弦への不満を隠そうともしていない。

「華夢《ファマァン》妃には不足ない。今の私に妃は必要ないというだけだ」

うんざりとして劉弦は言う。もう何度も繰り返した言葉だった。

黄福律が平伏した。

「皇帝陛下、これも国の繁栄のためにございます。人間の女子《おなご》では、龍神さまであられます陛下のお相手として不足があるのは重々承知しております。しかし皆、部族長の娘にござりますれば、決まり事の上では陛下の妃となる資格のある娘たちにございます。……どうかお情けを」

「決まり事か……にしては妃がひとり足りないではないか？　決まり事では、人は私に百人の妃を差し出すことになっている。昨夜ここへ来た女は九十九の妃だったというのに、今宵は一の妃がここへ来た。百の妃はいかがした？」

劉弦の指摘に、黄福律は一瞬苦々しい表情になる。が、すぐに口を開いた。

「仰《おっしゃ》る通りにございますが、百の妃は忌《い》まわしき緑《リョク》族の娘にございます。陛下の後宮に入れるには差し障りが……」

「私は百の妃を所望する」

劉弦が彼の言葉を遮ると、黄福律がギリッと奥歯を噛みしめた。

「探し出して連れてこい」

「……御意にございます。ですが、それまでは後宮の慣例通り一の妃からひとりずつ毎夜この部屋へ来させます。むろん、陛下がお気に召された娘がいれば寝所へ呼ぶこともできますゆえ、いつでもお申し付けくださいませ」

「無駄なことだ。この百日の間に気に入った娘はいなかった」

ため息をつきにべもなく言うと、黄福律は気色ばんだ。

「なれど陛下……！　お世継ぎの誕生は国の安定に必要不可欠にございます。龍神さまであられます陛下の血を引くお世継ぎでなくては、この水凱国を治めることはできませぬゆえ……。できることなれば〝宿命の妃〟との間に、お世継ぎが誕生することを、国中の民が望んでおります」

そう言って黄福律は、ちらりと扉に視線を送る。

先ほど、劉弦が下がらせた彼の娘、華夢がまだ扉の外に控えているのだろう。彼女は劉弦の一の妃であり、龍神を癒やすことができる翡翠の手の使い手で、劉弦の宿命の妃と言われている。

宿命の妃との間に世継ぎができれば、その子は国に繁栄をもたらす。

その言い伝えが真かどうかはともかくとして、目の前の男の望みが民の幸福でないことは確かだった。彼はただ、自分の娘を皇后に立て、自らの地位を盤石にすることのみを望んでいる。本当は後宮の慣例などは無視して毎夜彼女をここへ侍《はべ》らせたいくらいだろう。

狡猾《こうかつ》な視線で自分を見る黄福律から目を逸《そ》らし一喝する。

「もうよい、下がれ」

彼は一瞬顔を歪めたものの素直に下がっていった。

深い息を吐いて劉弦は目頭を押さえる。

目を閉じると浮かぶのは、自らが治める水凱国の広大な国土だ。だが、霞《かす》んでよく見えなかった。ここのところこのようなことが続いている。かつては国の守護神龍神として、国土の隅々まで目を配っていられたが、今は甚大《じんだい》な被害をもたらしそうな水害や干ばつをどうにか回避するのがせいぜいだ。

劉弦がため息をついて目を開くと、赤い目をした細身の男が姿を現した。側近であり龍神に仕える白蛇のあやかし白菊《シラギク》だ。

「劉弦さま」

「なんだ？」

「あのたぬき親父に百の妃を探す気などありませんよ。自分の娘を皇后にすることしか頭にないのですから」

この宮廷内で、唯一信頼しているしもべからの進言に、劉弦は無言で頷いた。

「そして百の妃に会わねば、あなたさまは天界へは戻れません。これが水凱国三千年の歴史の中の天界と地上の決まり事。初代皇帝陛下が地上に降りられたのは、水害に苦しむ人間たちを助けたいと願う部族長たちの純粋な思いに応えたかったからでございましょう。百人の妃につられたわけではないでしょうが、今はその約定があなたさまを縛りつける」

白菊の言葉に劉弦は暗澹《あんたん》たる思いになる。

「純粋な思いか……。もはや人はその心を失った。今の部族長たちは自らの富を蓄えることにしか興味がない」

国に平穏が訪れてから三千年あまり。皇帝は劉弦で四代目である。

はじめは嵐がやんだことに感謝して、助け合い国を発展させてきた人間たちは、富を得て次第に欲深く狡猾になっていった。持つ者と持たざる者との差は広がった。それと共に、劉弦の国土を見渡す目は濁り、頭の痛みはひどくなった。人の放つ汚い心と欲深さが劉弦を弱らせる。

「劉弦さま、このまま地上にて人と共に過ごしては、あなたさまは、いずれ邪神になられてしまいます。翡翠の手を持つ華夢妃の治療も効かないのですから」

もとより、神は地上にいるべきではないのだ。

翡翠の手を持つ妃が龍神を守ると約束した部族長の娘は、その言葉の通り初代皇帝を癒やした。宿命の妃と呼ばれ皇帝に愛されたその妃の末裔《まつえい》が黄一族であり、黄華夢は翡翠の手の持ち主であると、黄福律は言うが……。

「翡翠の手か……もはや人はその力もなくしてしまったのだろう。宿命の妃など存在せぬ」

劉弦は呟《つぶや》いた。

あるいははじめからそのようなものはなかったか。

……いずれにせよ、もうあまり時間がない。

雲を動かす力を持つ龍神が邪神に成り果てる……その先にどのような悲劇が待っているかは誰にもわからないことだった。

そうなる前に一刻も早く、劉弦は天界へ戻らねばならない。

だが、百の妃に会えなくてそれができないでいる。

本来神は地上にいるか天界にいるのかを自由に選ぶことができる。だが自分の娘を差し出すと申し出た百人の部族長と初代皇帝との約束は、代替わりをしても有効だ。すなわち、すべての部族長の娘に会い、その上で、どの娘も妃にしないと民に向かって宣言した時、天界へゆくことができるのだ。

「緑族の娘か……。白菊、お前が行け。緑族の娘を連れてこい。私は娘に会って天界へ戻る」

劉弦が命じると、白菊が頭を下げる。

「御意にございます」

そして薄暗い部屋から跡形もなく消えた。

古い煉瓦《れんが》に木の板を渡し布を敷いただけの粗末な寝台。そこにうつ伏せになって横たわる男性の背中に触れると、指先に感じるよくない感触。その部分を少し刺激したら、男性が「うっ」と声をあげた。

「いたた……！　翠鈴そこ、痛いよ」

情けない声を出す男に、翠鈴は呆《あき》れてため息をついた。

「肝の臓が疲れているのよ、おじさん。お酒を控えるって約束守っていないでしょう？」

小言を言いながら、指先に力を入れて丁寧にほぐしていく。さほど強く押していないのに痛みを感じるのは、それだけその場所が悪くなっているからだ。

「うっ……だけど、翠鈴。わしは酒だけが楽しみなんだよ……」

「なにも私はまったく飲まないようにって言ってるわけじゃないわ。ほどほどにって言ってるの。肝の臓がやられてしまったらもとに戻らないんだから。おじさんが動けなくなったら、おばさん、悲しむわよ」

「う……はい」

男が素直に頷くと、ふたりの様子を見守っていた村人たちからどっと笑い声が起こった。

「悪いことは言わないから翠鈴の言う通りにするんだね」

「そうそう、翠鈴の見立ては確かなんだから」

皆、翠鈴の施術を待っている患者たちである。

ここは、水凱国の南西地方に位置する村、七江《しちこう》。周りを山々に囲まれたのどかな村である。ここで生まれ育ち両親を早くに亡くした翠鈴は、医師だった祖父から受け継いだ指圧の技術と知識を活かして、村の外れで診療所を開いている。

土壁に藁《わら》をかぶせただけの粗末な建物に、寝台がひとつ、施術を待つ人のために隣町の居酒屋からもらってきた古い樽《たる》が三つ並べてあるだけの、診療所ともいえないものだが、村の人たちからはなにかと頼りにされていて毎日朝早くから患者が列を作る。

「それにしても恒然《コウゼン》老師が亡くなられた時はどうなることかと思ったけど、翠鈴ちゃんが診療所を引き継いでくれてよかったよ」

施術を待つ年配の女性患者が、ため息をついて翠鈴の祖父の名前を口にする。彼女は毎日やってきて同じことを言う。頭痛持ちで、長年祖父のもとへ通っていた患者だった。

「おばさん、私はまだまだだよ」

人の不調を治す方法はいくつかある。祖父は薬の処方と針治療を主な手段として患者の治療にあたっていた。

翠鈴にもある程度の薬草学の知識を与えた。だが翠鈴には、なぜか針ではなく指圧を主な手段とするよう勧めた。

『お前には、人の不調を癒やす特別な手がある。それを存分に活かすのじゃ』

その言葉の通り、翠鈴は人の身体に触れると大体の不調の原因がわかるという力があった。触れた指先の感触から、身体のどこが悪いのか、どのツボをどのくらいほぐせばいいかがわかるのだ。

「あー、楽になったありがとう、翠鈴」

寝台から起き上がった患者が肩を押さえて首を回した。

「これで、もうひと働きできそうだ」

そう言って笑顔を見せる男に、翠鈴は嬉《うれ》しくなる。不調を感じていた患者が、楽になったと言って帰っていくのが、翠鈴にとってはなによりの喜びなのだ。

「お大事に、おばさんによろしく」

「ああ、また明日」

患者は答えて、青菜をひと束置いていく。施術代の代わりだ。

翠鈴のところへ来る村人は、貧しい者がほとんどだ。

隣町の中心部には役人が運営する立派な建物の診療所があって、都から来ている医師がいる。いつでも最新の治療が受けられるのだ。だが、そこは施術代が高い。だから貧しい人たちは翠鈴のもとへやってくる。

翠鈴は役人のように高い代金を要求しない。その代わり、患者たちは皆こうやって物を置いていく。米や野菜、果物……。診療所兼翠鈴の住居であるこの粗末な建物の雨漏りを直してくれる者もいる。施術代を請求しなくとも、翠鈴がひとりで暮らすには十分だった。

中にはそういった些細《ささい》な施術代さえ置いていけない者もいるけれど、それを理由に翠鈴は施術を拒んだりはしなかった。どうしてか調子の悪い人を見るとそのままにしておけないタチなのだ。申し訳ないからと診療所へ来ない者については、自分から治療に出向くこともあった。

「じゃあ、次はおばさんね。腰の痛みはどう？」

「翠鈴のおかげでずいぶん楽にはなったけど、農作業をするとやっぱりね……」

「おじいちゃん直伝の薬草湿布を作っておいたから、持って帰って寝る前に貼ってね」

いつもの会話をしながら翠鈴は彼女の身体をほぐしていく。身体の調子が悪くとも皆働かなくては食べていけない。この村では、皆その日暮らしの生活だ。

「ありがとうよ。ああ、私に息子がいたら翠鈴にお嫁さんになってもらうのに」

「ばあさんや、そりゃ翠鈴が可哀想だ。あんたの歳じゃ、息子じゃなくて孫じゃなくちゃ」

別の患者が口を挟み、またどっと笑いが起こる。ばあさんと言われた患者も「なにを！」と言いながら笑っている。貧しくとも、皆笑って生きている。翠鈴はこの村の人たちが大好きだった。

「とはいっても、私ももう二十だけど」

翠鈴も笑いながら答える。この辺りでは大抵の娘は十七くらいで嫁にいく。十九を過ぎると行き遅れと言われるくらいだった。結婚に興味がないわけではないけれど、祖父から受け継いだ診療所でひとりでも多くの人の不調を治したいと奮闘するうちに、この年になってしまった。とはいえ、別に悲観しているわけではない。食べていく術があれば、伴侶がいなくとも生きていけるのだから。

「嫁にいくといえば」

患者のひとりが思い出したように口を開いた。

「俺の娘が嫁にいった隣村のことだが、この間の水害で田畑が水浸しになったようだ。

あと少しのところで雨がやみ死人が出なかったのは龍神さまのご加護だろうが、田畑がやられたのでは……」

その言葉に、皆どこか不安げな表情になった。

皇帝である龍神の加護で国が成り立っているというのは、この国の者ならば赤ん坊から年寄りまで皆が知っていることだ。でも、その加護がどこか弱まりつつあるのではとも感じていて、集まるとこんな風に話題にのぼる。

このところ、以前はなかったような日照りや嵐、異常気象にたびたび見舞われている。幸いにして甚大な被害が出ているというわけではないけれど……。

「皇帝陛下、お身体の具合でも悪いのだろうか……」

誰かの呟きにその場の空気が重くなる。国の守り神である龍神の力が弱っているのでは、国の先行きは明るくない。

「まぁ、大丈夫だろう」

別の男が口を開いた。彼は行商人で遠くの町まで山を越えて仕入れに行く。そこで聞いた世間の情報をいつも村の皆に教えてくれる。

「今年二百歳になられる皇帝陛下のために、先日後宮が開かれた。国中からお妃さまが集められたって話だよ」

その話は翠鈴も聞いたことがあった。

龍神の寿命は千年と言われていて、成人する二百歳の年に後宮が開かれる。各地に散らばる部族長たちの娘が妃として嫁入りする慣例だ。寿命が短い人間にとっては、後宮が開かれることなど一生に一度見られるとも限らない貴重な出来事だから、都はお祭り騒ぎだという。

「その中に翡翠の手を持つ黄族の姫君さまもいらっしゃるという話なんだ。龍神さまの具合が悪くとも、癒やしてくださるだろう」

一同は安堵《あんど》する。

「なら安心だ。少しは国もよくなるだろう。翡翠の手を持つお妃さまは、皇帝陛下の宿命の妃だという話じゃないか。そのお妃さまとの間にお世継ぎができればありがたいねえ」

誰かがそう話を締めくくり、皆うんうんと頷いた。

皇帝陛下の後宮の話など、翠鈴にとっては雲より遠い世界の話だが、安心して暮らせるのが一番だ。どうかそのお妃さまが皇帝陛下を癒やしてくださいますように。

翠鈴は心からそう願った。

村に役人がやってきたのは、日が暮れる頃だった。

広場に騎馬で到着した彼らを翠鈴は窓から見ていた。ここは小さな村だから、役人が来ることなんてめったにない。いったいどうしたのだろうと、不安に思っていると、彼らは診療所を目指してやってくる。声もかけずに扉が開き数人の男たちが診療所の中になだれ込んだ。そのまま羽交い締めにされてしまう。

思いがけない出来事に翠鈴は口もきけず、されるがままだった。ものすごく嫌な予感がする。

「こちらの娘ですか？」

男たちの中でひときわ異様な空気を放つ赤い目の男が翠鈴をまっすぐに見て、誰ともなく尋ねる。役人のひとりが頷いた。

「そうです。間違いありません」

翠鈴の背中がぞくりとする。いったいなんのやり取りをしているのかは不明だが、まずい状況なのは確かだった。いくら役人とはいえ、なんの罪もない民をこのようにして捕らえることは、普通なら考えられないことだった。

しかも赤い目をした男は、翠鈴が見たこともないような豪華な刺繍《ししゅう》が施された衣服を身に纏っている。どう考えてもこの辺りの者ではない。おそらく、都から来た高級役人だ。その役人が指揮する一団に捕らえられて、ただで済むとは思えなかった。

赤い目の男が、床に膝をつく翠鈴の顎に、手にしている扇子《せんす》をあてる。ぐいっと上を向かせて、ジッと見た。冷たい目に、翠鈴の身体がガタガタと震えだした。

「あなたが、緑翠鈴ですね」

尋ねられてもすぐには答えられなかった。確かに名は翠鈴だが、緑という姓に心あたりがなかったからだ。

水凱国では、平民には姓はない。各地を治める貴族である部族だけが姓を名乗ることを許されているのだ。

翠鈴は震えながら首を横に振った。

「ひ、人違いです……、私は……」

「間違いありません、白菊さま。その者が緑族の末裔です」

役人の言葉に翠鈴はギョッと目を剥《む》いた。

各地を治める部族はかつては百だったが、今は九十九になっている。部族のひとつである緑族が、先の皇帝の治世で反逆罪に問われ、都を追われたからだ。

彼らがどうなったのかは知られていない。散り散りになり、平民に紛れて生きているのか、あるいは途絶えてしまったのか……。いずれにせよ、国では忌み嫌われている一族で、口にするのも憚《はばか》られる名だ。その末裔などと言われて、翠鈴は真っ青になる。

「わ、私……ち、違います……！　私は、ただの村娘です」

あまりにも意味不明な言いがかりに、必死になって否定する。

「いいや、お前は緑族の末裔だ。こんな田舎に、医学の知識がある者がおることをかねてから不自然だと思っておったのだ。記録を辿《たど》ると、昔の役人が逃げてきた緑族を匿《かくま》ったという記述が出てきた。それがお前の祖先だろう。このたび、皇帝陛下が緑族の末裔を探しておられるという話だ。ならば私はお前を差し出さねばならない。この村のためだ、悪く思うな」

「そ、そんな……」

翠鈴は絶句する。

確かに皇帝の命令であれば逆らうことは許されない。でもそも翠鈴が緑族の末裔だという確たる証拠はないというのに……。

白菊と呼ばれた男が診療所を見回した。

「ここは？　……診療所ですか？」

翠鈴は震える唇を開いた。

「……はい。もとは祖父の診療所でしたが、亡くなった後引き継ぎました」

「どのような施術を？」

「……指圧と、投薬を少し」

「手を見せなさい」

白菊が命じると腕を押さえていた男たちの力が緩む。翠鈴が、恐る恐る手を差し出すと、彼は目を細めた。

「なるほど、あなたが緑族の娘で間違いなさそうですね」

「え……？」

「連れていきなさい」

命令と共に、翠鈴は無理やり立たされる。

「え？　あの……！　待ってください！　私、本当に違います！」

必死になって訴えるが、男たちによって診療所の外へ引きずり出された。外には騒ぎに気がついた村人たちが集まっていた。

「翠鈴をどこへ連れていくんだ！」

昼間の患者が役人に向かって声をあげる。

「そ、その子を連れていくな！　村には必要な娘だ」

別の村人も抗議するが、役人たちが答えることはなかった。

そのまま翠鈴は生まれ育った村から無理やり連れ去られた。

正体不明の役人によって生まれ故郷から連れ出された翠鈴は、そのまま籠《かご》に乗せられて山をふたつ越えた。

籠といっても罪人を運ぶ時に使う唐丸籠《とうまるかご》と呼ばれるものだ。手足こそ縛られてはいないものの、食事もその中でとるように言われ、村で平和に暮らしていた翠鈴にとっては生まれてはじめて受ける屈辱的な扱いだった。

いったいどこへ向かっているのか、自分はどうなってしまうのか不安でたまらなかった。

自分が緑族の末裔などという話は、にわかには信じがたい。でも白菊と呼ばれていた役人はなぜか確信があるようだ。そしてどこかへ連れていこうとしている。

その先が明るいものではないのは確かだった。

そして三日目の夕刻、籠に揺られ続けてぼんやりとする翠鈴に、馬に乗り並走していた白菊が口を開いた。

「まもなく都に着きます」

「都……」

「あなたはこのまま後宮へ入っていただきます。皇帝陛下の妃として」

「こ、後宮へ……!? 妃として？」

掠《かす》れた声で聞き返して、翠鈴は目を剥いた。

なんとなく都へ向かっているのは感じていた。歩みを進めるにつれて、道は整備されて、道ゆく人の服装もきちんとしているように思えたからだ。

おそらく都で罪人の子孫として裁かれるのだろうと思っていた。翠鈴にとっては理不尽すぎる出来事だが、まだそれならば納得だ。

それがまさか後宮に入るとは！

百歩譲って女官、いや奴隷として働くならまだわかる。でも妃として迎えられるというのはまったく意味不明だった。

「ど、どうしてですか⁉」

「あなたが緑族の末裔だからですよ。龍神伝説は知っているでしょう？　人は、龍神さまに国を治めていただく代わりとして、百人の妃を捧げると約束した。それなのに現在後宮には九十九人の妃しかおりません。本来であれば、あなたは皇帝陛下の妃としてとっくの昔に後宮に入っていなくてはならなかったのです」

「そ、そんな……！　後宮なんて……お、お妃さまなんて、私には無理です！　そ、それに、緑族は……」

国中で忌み嫌われている一族だ。そのような一族の娘が後宮に入るなどあり得ないことは、田舎者の翠鈴にもわかる。

だけどその先は言えなかった。自分の祖先が皇帝に刃向かったなどという言葉は、恐ろしくて口にすることができない。

白菊が翠鈴をちらりと見て口を開いた。

「人間同士のことなど、私どもにはどうでもいいことにございます。とにかく天界と地上との決まり事を守っていただかなくてはなりません」

「決まり事を……」

『私ども』という言葉と、彼の目が光るのを見て、翠鈴は彼がただの役人ではないと気がついた。おそらくは皇帝である龍神の使いであるあやかし……。

白菊が目を閉じてため息をついた。

「ご安心ください。妃といってもあなたが皇帝陛下の寵愛を受けることはございません。詳細をお教えするわけにはいきませんが、決まり事として一度だけお会いいただきます。その後は、もといた場所へお帰りいただいて結構です」

「え？　そうなんですか……？」

これまた意外な白菊の言葉に、翠鈴の身体から力が抜ける。

「よかった……」

つまりは天界と地上との決まり事を守るために、翠鈴は形式上、後宮入りするということだろう。

「あなたは、村人たちにとっては欠かせない人物のようですから、生まれ故郷へお送りいたします」

今までの扱いから考えれば、意外なほど親切な言葉である。

翠鈴がホッと息を吐いた時、一行は小高い丘の上を通る。視界が開けて前方に大きな町が見えてきた。夕日に照らされて真っ赤に染まっている。

白菊が合図すると一行は歩みを止めた。

目の前に広がる光景は、翠鈴が生まれた村とは比べ物にならないほど栄えた場所だった。ひしめくように建つ頑丈な家々。通りを行く大勢の人々。

その一番奥、低い山の上に要塞に囲まれた赤い瓦屋根の豪華な宮殿が建っている。

「あれが水凱国の都、五宝塞《ごほうさい》です。そしてあの建物が、皇帝陛下が鎮座される紅禁《こうきん》城《じょう》。後宮もあそこにあります」

白菊の言葉を聞きながら、翠鈴は息をするのも忘れて紅禁城を見つめる。

荘厳な美しさと誰も寄せつけない厳粛さに、ぶるりと身体を震わせた。

「参りましょう。日が暮れるまでに着かなくては」

白菊が言うと、一行はまた動きだした。

一行が紅禁城内にある後宮に着いたのは、とっぷりと日が暮れた後だった。

さすがに罪人用の籠に入れた者を連れて正門を通るわけにいかないということだろう、着いたのは裏口と思しき場所だった。

そこで翠鈴はようやく籠から降ろされた。唯一持ってくることを許された着替えが入った包みを持ったまま翠鈴は、うーんと身体を伸ばして、関節をぐるぐる回す。丸三日、寝る時以外は小さく座った格好だったから、あちこちがガチガチだ。

一行を出迎えたのは、でっぷりと太った年嵩《としかさ》の女官だった。

「白菊さま、いかがなさいました？　このような時間に。……この者は？」

「百の妃だ。皇帝陛下の命により連れてきた。部屋を与え世話をするように」

「ひゃっ……、百の妃……!?　こ、この者がですか？」

女官が声をあげてじろじろと不躾《ぶしつけ》に翠鈴を見る。初対面の相手に決して褒められた行為ではないが、無理もなかった。

翠鈴は捕らえられた時の格好、つまり作務衣を着ている。しかも三日三晩籠に揺られてきて、ろくに身を清めてもいないから、ドロドロである。

こんななりの女が皇帝の妃というのはとても信じられないのだろう。

「皇帝陛下に会わせられるよう、準備させろ。なるべく早くだ。私は皇帝陛下へ報告をしに行く」

そう言ってこちらへ背を向ける白菊を、翠鈴は慌てて呼び止めた。

「白菊さま」

白菊が足を止めて振り返った。

「先ほどのお話、……お約束を守ってくださいますね」

恐れる気持ちを奮い立たせて尋ねる。

白菊がやや意外そうな表情になった。怯《おび》えて小さくなっていた翠鈴が、念を押したことに驚いているようだ。不快に思われるだろうかという考えが頭を掠めるが、怯《ひる》まなかった。

翠鈴を攫《さら》った彼の目的を聞いてから、いつもの自分を少し取り戻しつつあるのを感じている。とりあえず、命を取られることはなさそうだと安心したからだ。

祖父を亡くしてから、ひとりで診療所を切り盛りして生きてきたのだ。そこらの箱入り娘とはわけが違う。

赤い目をジッと見つめると、白菊がニヤッと笑う。

「もちろんです。ことが終わればすぐにでも約束を果たしましょう」

そして音もなく姿を消した。

翠鈴がホッと息を吐くと、女官が口を開いた。

「あなた、名は？」

「翠鈴です」

「翠鈴……妃さま」

釈然としない様子で翠鈴の名を繰り返す。翠鈴が妃だということがやはり腑《ふ》に落ちないのだろう。しばらく逡巡《しゅんじゅん》していたが、やがてため息をついて気を取り直したように口を開いた。

「私は、女官長をしております梓萌《ズムオン》と申します。後宮全体の管理をしておりますので、なんなりとお申し付けくださいませ」

口調は丁寧だが、翠鈴などに仕えるのは不本意だというのがありありとわかる態度だった。

「とにかくこちらへ」

冷たく言って踵《きびす》を返す。さっさと建物の中に入る背中を、翠鈴は慌てて追った。

扉の向こうは女官たちの居住区のようだった。ずらりと並ぶ小部屋の中に、それぞれ寝台が四つほど、おそらく休憩中であろう女官たちが思い思いの時を過ごしている。

廊下を早足で進んでいくふたりに気がついた女官から声がかかる。

「女官長さま、その者は？」

女官としての新参者だと思ったのだろう。翠鈴を頭のてっぺんから足もとまでをジロジロと見て、眉を寄せている。ドロドロの翠鈴への嫌悪感を隠そうともしていない。

梓萌が立ち止まり、彼女に答えた。

「百のお妃さま、緑翠鈴妃さまです」

「ひゃっ……!?　では、緑族の……？」

女官は驚くと同時に恐ろしいものを見たという表情になる。他の女官たちも集まってきて、ヒソヒソとなにかを言い合っている。

彼女たちの反応は納得だ。でも侮蔑《ぶべつ》の色を浮かべた視線を遠慮なく浴びせられるという状況は、気持ちのいいものではない。

皇帝に会うまでの辛抱だと翠鈴は自分自身に言い聞かせた。

「ちょうどいいわ、お前たち。今からお妃さま方のお部屋を回り、百のお妃さまが到着したと知らせてきなさい」

梓萌の指示に、女官たちが頭を下げて去っていった。

「さて」

梓萌が、翠鈴に向き直った。

「翠鈴妃さま、これからお部屋へご案内いたします。……後宮の仕組みや決まりについてはご存じですか？」

やや高飛車に言う彼女からの問いかけに、翠鈴は首を横に振った。そんなもの知っているはずがなかった。

「都へ来るのもはじめてです」

答えると、梓萌がため息をついた。

「ここ、紅禁城は三つに分けられます。まず町に面しているのが、政《まつりごと》を行う宮廷、その後ろにあるのが皇帝陛下がお住まいである宮です。さらにそこから渡り廊下で繋《つな》がっている場所が、ここ後宮です。広い中庭を囲むようにお妃さま方のお部屋が並んでおりまして、皇帝陛下の宮に一番近い部屋から順に位の高いお妃さまがお住まいになられております。お妃さまの数字は、皇帝陛下の寵愛の深さ、お父上の役職により決まります。翠鈴妃さまは、百番目のお部屋にご案内いたします」

梓萌は『百番目』というところを強調するように言う。おそらくは妃たちの間では、不名誉なことなのだろう。とはいえ翠鈴はなんとも思わなかった。

長旅でへとへとだ。何番でもいいから早く部屋へ行って休みたかった。

「その他の決まりは……、まぁおいおいわかるでしょう。では参りましょう」

そう言って梓萌はまた歩きだす。

翠鈴は後を追った。

女官たちの居住区を抜けて、妃たちの居住区へ入ると建物の造作は一変した。

広くて細長い中庭の両脇を赤い灯籠《とうろう》が下がる長い廊下が続いている。黒い艶々の石作りの床に唐草模様の豪華な窓枠、ずらりと並ぶ繊細な飾りがついた扉は、妃たちの部屋だろう。

翠鈴が生まれてはじめて目にする豪華絢爛《けんらん》な世界だった。

その長い廊下を翠鈴は梓萌の後について歩く。色とりどりのひらひらした衣装を身につけた妃と思しき女性たちが、あちらこちらから翠鈴の様子を窺《うかが》っている。

「まさかアレが百の妃？」

「嘘《うそ》でしょう？　いくらなんでもみすぼらしすぎだわ」

「だけど、あの緑族だもの。きっと山の中で落ちぶれた生活をしてたんでしょう」

「穢《けが》らわしいわね、近寄らないでほしいわ」

聞こえてくる言葉はひどいものだが、翠鈴はもう傷つかなかった。

本来は、前向きで気の強い気質なのだ。

生まれ故郷でも小さい頃は、両親がいないことを揶揄《やゆ》されることがあった。

『やーい！　親なし翠鈴』

そう言われるたびに言い返したものだ。

『そうだよ、だけどそれがいったいなに？　親が早く死んじゃったのは、私のせいじゃないもんね！』

なにを言われても、大抵はへっちゃらな顔をしていれば、そのうちなにも言われなくなる。そうして生きてきた翠鈴にとっては、このくらいなんてことはなかった。

それよりも、この異国のような世界を存分に見ておこうと思っていた。後宮なんてめったに見られるものじゃない。七江へ帰った時に村の皆に話せば喜ぶだろう。

そうして視線を彷徨《さまよ》わせながら歩いていると、梓萌が足を止めた。翠鈴もつられて立ち止まる。

梓萌が低い声を出した。

「翠鈴妃さま、端に避けてくださいませ。ご自身よりも順位の高いお妃さまとすれ違いになる時は、端に避けて頭を下げる決まりにございます」

彼女の言葉通り、前方からひときわ美しい女性が歩いてくる。金色の髪飾りを挿した艶々の黒い髪、真っ白な肌と桃色の頬、瞳は濡れたような漆黒《しっこく》である。

「一のお妃さま、華夢妃さまにございます」

梓萌が端に避けて頭を下げる。翠鈴もそれにならった。

華夢は、数人の妃と女官を引き連れて足音も立てずに優雅に歩いてくる。翠鈴の前を通り過ぎようとしたところで、足を止めた。

「梓萌、その方が百のお妃さま？」

少し高い鼻につくような声だった。

「はい、緑翠鈴さまにございます」

頭を下げたまま梓萌が答えると、華夢の後ろの妃たちが眉を寄せて嫌そうにする。臭いものを前にした時のように袖を鼻にあてる者までいた。

「翠鈴妃さま」

呼びかけられて、翠鈴は顔を上げた。

「はい」

「私、黄華夢と申します。なにか困ったことがあったら、おっしゃってくださいね」

「華夢妃さま……！」

梓萌が目を見開いた。一の妃が、汚いなりの翠鈴に親しげに声をかけたことに驚いたようだ。彼女の後ろの妃たちも戸惑うように顔を見合わせている。

「あら梓萌、ここにいる者は皆、皇帝陛下をお支えする妃。同じ立場よ」

そう言って、にっこりと微笑《ほほえ》む。

「よ、よろしくお願いします」

翠鈴は慌てて頭を下げた。

「さすがは華夢妃さま、慈悲深いわね。あのような者に親しげに声をかけるなんて」

「皇帝陛下の一のお妃さまなんですもの、私たちとは格が違うわ」

「それにしても今宵も一段とお美しいわねぇ」

事態を見守っていた他の妃たちが、ヒソヒソと囁《ささや》き合う声がした。

そこで翠鈴は故郷の村で耳にした彼女の噂《うわさ》を思い出す。確か彼女は、翡翠の手の使い手で、皇帝の宿命の妃。近い将来、皇后となるであろう人物だ。妃たちの言う通り、器が違う。

「では、ご機嫌よう」

そう言って彼女は、滑るようにまた歩きだす。彼女の後ろについていた妃たちも翠鈴をちらちらと見ながら通り過ぎた。

「さ、参りますよ」

梓萌が立ち上がり、また早足に歩きだす。翠鈴も後に続いた。

長い廊下を歩きながら、梓萌が口を開いた。

「後宮におられますお妃さま方は、数字とは別に四つの位がございます。まず皇后さま。慣例では翡翠の手を持つ宿命の妃である方が立后されます。今は空位ですが、そう遠くなく華夢妃さまがなられるでしょう」

翠鈴は頷いた。

「次に、皇貴妃さま四名。こちらは、皇后さま以外に特に家柄のいい方、寵愛が深い方がなられます。次に貴妃さま、こちらは百人いらっしゃるお妃さまのうち五十までの方がなられます。そして残りが貴人と呼ばれる方々です」

つまり、百人の妃のうち上から五十までが貴妃、五十より下が貴人、その中から寵愛の深さや家柄により皇后と皇貴妃が選ばれるということだ。

妃たちの順序についての決まりを翠鈴が頭に入れた時、梓萌が足を止める。長い廊下の突きあたり、粗末な扉の前だった。

「こちらが翠鈴妃さまのお部屋にございます」

扉を開けると中は、湿った少し嫌な匂いがした。寝台と机は置いてある。でも長い間使っていないのだろう、埃《ほこり》がかぶっていた。今は物置となっているようだ。掃除道具がある。

「これらは明日運び出させます。今夜はもう遅いですから、このままお休みくださいませ」

梓萌がそう言った時、大きな饅頭《まんじゅう》と汁物が載った盆を手にした女官がやってきた。

「女官長さま、お食事をお持ちしました」

「そこへ」

梓萌がそう言うと、女官は埃がかぶったままの机に置く。そして翠鈴をちらちら見ながら部屋を出ていった。

「お夕食です。本日のお妃方のお夕食はもう終わりですので、女官と同じ粗末なものになりますが」

「ありがとうございます。助かります。お腹ぺこぺこだったんです」

いい香りを漂わせる夕食を見て翠鈴が言うと、梓萌が驚いたように眉を上げた。埃だらけの薄暗い部屋に、女官と同じ食事。妃としては最低の扱いだ。それなのに翠鈴が礼を言ったことが意外だったのだろう。

「食事の後の盆は扉の外へ出しておいてください。それでは私はこれで」

そう言って、振り返りもせずに部屋を出ていった。

ようやくひとりになり、翠鈴はホッとして寝台に腰を下ろす。

そして部屋を見回した。

埃っぽくはあるものの壁も屋根も頑丈で、七江にある翠鈴の家の二倍ほどの広さだ。なにより広い寝台がある。ちゃんと足を伸ばして寝られそうなのが、ありがたかった。

粗末なものと梓萌は言ったが、盆の上の食事は翠鈴にとってはご馳走《ちそう》に思えた。饅頭はふかふかで、汁物も具だくさんだ。

手を伸ばして饅頭を手に取ると、翠鈴のお腹がぐーっと鳴る。最後にものを口にしたのは昼間だ。

白い生地にかぶりついて、目を見開く。饅頭の中味が獅子《しし》の肉を炊いたものだったからだ。肉など、七江では祭りの時にしか口にできない。

皇帝に会うまで何日かかるかは不明だが、それまでの生活もそんなに悪くなさそうだ。そんなことを思いながら翠鈴はあっという間に食事を平らげた。

長旅でくたくたに疲れていた翠鈴だが、贅沢《ぜいたく》な夕食をとってちゃんとした寝台でぐっすり眠ったことで、朝には元気を取り戻した。

そして起きてからまず取りかかったのは部屋の掃除である。翠鈴に与えられた部屋は、立派だけれどとにかく埃っぽい。数日でも、なるべく綺麗《きれい》なところで気持ちよく過ごしたかった。

幸いにして、掃除道具はすでにある。まずは窓を覆ってあった黒い幕を取り払い、朝日を部屋の中に取り込む。窓や窓枠、机と椅子を雑巾で拭いていると、梓萌に指示された女官たちが部屋の物を移動させるためにやってきた。朝早くから掃除をしている翠鈴に驚いている。

「ちょうどよかった。寝台の布を取り替えたいから、洗濯が済んだものをいただけないかしら？」

翠鈴の頼みに目を丸くして頷いた。彼女たちの向こうでは、妃たちが部屋を覗《のぞ》き込みヒソヒソと話をしている。

掃除を終えてひと息ついた時、若い女官がやってきた。

「す、翠鈴妃さま、ちょ、朝食を、お、お持ちいたしました……」

聞き取るのがようやくというほど、細い声だ。手にしている食事を載せた盆がカタカタと揺れている。なにもそんなに、というほど怯えているのが可哀想になるほどだ。

「ありがとう」

答えると、彼女は恐る恐るといった様子で部屋の中へ入ってきて机の上に盆を置く。今日はちゃんと妃用の食事なのだろう。汁物と白い飯の他に青菜の炒め物や果物など三品ほどの皿が並んでいる。

「朝食は三品なのね」

覗き込み、翠鈴は呟く。

朝からたくさん働いた翠鈴のお腹がぐーっと鳴った時、女官がしゃがみ込み床に額をつけた。

「申し訳ございませんっ！」

突然の出来事に、翠鈴はお腹に手をあてたまま固まった。震える女官の肩を見つめながら口を開いた。

「とりあえず、そんなところにぺったんこになってないで、ちゃんと椅子に座ってちょうだい」

声をかけると彼女は驚いたように顔を上げる。翠鈴よりも二、三歳若くどこか幼さの残る素朴な娘だった。

怯える彼女を椅子に座らせ事情を聞く。

涙を浮かべてつっかえながら答える彼女からようやく聞き出せたのは、持ってきた朝食の品数が他の妃よりも少ないということだ。

後宮では妃の位によって食事の品数が決まっているのだという。皇后と皇貴妃は十品、貴妃が七品、貴人は五品という具合だ。

翠鈴は貴人だから本当なら五品持ってこなくてはならなかった。でも今ここにある食事は三品で、そのことについて謝っていたというわけだ。

彼女は詳細を語らなかったが、事情はなんとなく想像がついた。

前日の女官と妃たちの反応から、ここでは翠鈴が招かれざる客であるのは明らかだ。進んで世話をしたいと思う女官など皆無だろう。おそらくこの痩せ細った女官は皆に嫌な仕事を押し付けられたのだ。しかも嫌がらせのように、品数が足りない食事を持っていくように言われたところから考えると、他の女官たちからいい扱いを受けていないのだろう。

可哀想に、と翠鈴は同情する。まだ若い彼女が気の毒だった。

身を屈《かが》めて、うつむく彼女に視線を合わせた。

「あなた、名前は？」

「……蘭蘭《ランラン》です」

「蘭蘭、私が昨日ここへ来たのは、予定外のことだったんでしょう？　なにもなくてもおかしくないのに、三品も持ってきてくれるなんて、ありがたいわ」

そう声をかけると、彼女の目にみるみる涙が溜まってあっという間に溢《あふ》れ出した。

涙を拭く手に、長い棒で打ったようなあざを見つけて翠鈴の胸は痛んだ。彼女に罰を与えたのは妃たちだろうか？　なんてひどい仕打ちだろう。

昨夜ここで饅頭を食べた時は、後宮《ここ》も悪くないと思ったけれど、今は真逆の意見だった。なんて恐ろしい場所なのだ。

さらに気にかかるのは、彼女の顔色だった。真っ青だ。目の下のくまも気になった。

蘭蘭が落ち着いたのを見計らって、翠鈴は彼女の手を取った。

「ちょっと診せてね」

「あ、あの……？」

戸惑う彼女の指先は氷のように冷たい。翠鈴の頭が瞬時に切り替わった。

「蘭蘭、舌を出して」

「え……？」

「こうやって。べー」

「？　べー」

素早く視線を走らせて、まずはホッと息を吐く。

「悪い病があるわけではなさそうね。寝不足と栄養失調かしら。その寝台にうつ伏せに寝てくれる？」

翠鈴が指示すると、蘭蘭はギョッと目を剥いた。

「そ、そういうわけには……」

「大丈夫、さっき敷布を替えたところだから」

「そ、そうではなくてお妃さまの寝台に私が乗るわけにはいきません。女官長さまに知られたら叱られてしまいます」

ぶんぶんと首を振っている。

「さっき物は運び終えたから、もう誰も来ないわよ。誰も私の世話をしたくないから、蘭蘭が来たんでしょ」

「で、でも……」

「早くしないと、蘭蘭が妃に従わないって言いつけようかしら？」

脅かすように言うと、彼女はビクッとして慌てて翠鈴の言う通りにする。痩せた細い背中に翠鈴は手をあてた。

やはり、取り立てて悪そうな箇所はない。睡眠不足と疲労、栄養が行き届いていないというところだろう。

「あまり寝られていないわね、食事もちゃんと食べていないでしょう。今日の朝ごはんは食べたの？」

「まだです」

背中から手を離すと彼女は起き上がる。寝台に座った彼女の前に、翠鈴は自分の朝食が載った机を引き寄せた。

「じゃあ、今から食べなさい。普段からあまり食べられていないなら、お腹に優しいものがいいわね。飯に汁をかけてあげようか？　果物は好き？」

またもや、蘭蘭がギョッとした。

「そ、そんな……！　お妃さま用の食事に私が手をつけるわけにはいきません。見つかったら叱られます。女官には女官用の食事が用意されていますから。それにこれは翠鈴妃さまの分ですのに」

「私はこの肉入り饅頭で十分よ。私、この饅頭大好きなの。さっき蘭蘭は、三品しか持ってこられなかったって言ったけど、その中に饅頭があるなら上出来よ」

そう言って翠鈴は、饅頭にかぶりつく。彼女が気後れしないように先に食べてしまうことにする。もぐもぐする翠鈴を、蘭蘭は唖然《あぜん》として見ている。

「ほら、私はもうお腹いっぱい。これ以上は食べられないから、蘭蘭が食べないなら、これは食堂に返すことになるけど……」

そう言うと蘭蘭は、ごくりと喉を鳴らした。箸を彼女に持たせると、翠鈴を窺うように見る。翠鈴がにっこり笑って頷《うなず》くと、思い切ったように飯を口に入れる。あとは夢中で食べだした。

その姿に、翠鈴はホッとする。とにかく食べられれば、顔色はよくなるはずだ。

あっという間に食べ終えた彼女を、翠鈴は寝台に寝かせる。

「本当は食べてすぐに横になるのはあまりよくないんだけど、とにかく疲れを取るのが先だわ。今日は一日寝ていなさい」

「そ、そういうわけにはいきません。女官はお妃さまより先に寝てはいけない決まりです」

「蘭蘭、あなた病になる一歩手前よ。病人に妃も女官もないでしょう。大丈夫、蘭蘭には私が難しい仕事を頼んだせいで一日部屋から出られないってことにしておくから。とにかく目をつぶりなさい」

翠鈴が蘭蘭に布団をかけようとすると、彼女は震える声を出した。

「私、ここへ来てこんなに優しくしてもらったのははじめてです……」

そのまましくしくと泣いている。

その姿に翠鈴の胸は痛んだ。七江だって豊かではなかったから、彼女くらいの年齢の者は働かなくては生きていけなかった。でも寝る暇もなくろくに食べさせてもらえていないのに、働かされているような子はいなかった。

「……蘭蘭は、どうしてここで働いてるの？」

尋ねると鼻をすすって答えた。

「家は貧しいわけではないですが、弟と妹がたくさんいるんです。だから父と母を助けたくて、採用試験を受けました。だけど本当はそんな目的でここへ来てはいけなかったんです」

蘭蘭は恥じるように言うが、翠鈴には意味がわからなかった。家族の生活を支えるために働いている、それのなにがダメなのだ。

「ほかの女官の方は、行儀見習いのためにお勤めしているんです。後宮女官をしていた経歴があれば、いい縁談が来るとかで……。私みたいに金子目当てでお役目につくのは卑《いや》しい考えだと言われました」

その言葉に翠鈴は眉を寄せる。女官仲間から彼女が不当な扱いを受けていた理由はわかったものの、まったく納得いかなかった。

「私、間違っていたんです。おまけにやることも遅くて……」

「あなたは間違っていないわ、蘭蘭」

なおも自分を卑下《ひげ》しようとする蘭蘭を、思わず翠鈴は遮った。お腹の中でふつふつと怒りが込み上げる。

「食べていくために働くことのいったいなにが卑しいのかしら？　ましてや自分だけでなく家族のためでもあるんだもの。あなたは立派よ、蘭蘭。なにも恥じることはないわ」

彼女の肩をガシッと掴《つか》み、翠鈴は言い切った。

「それが卑しいことなら、この国は皆卑しい人だらけになるじゃない！」

蘭蘭が驚いたように目を見開いた。

「そんな風に言ってもらえたのははじめてです……」

そしてまたハラハラと涙を落としはじめた。

「とにかく寝て。元気にならなきゃ、働けないわ」

細い身体を震わせて泣く蘭蘭に、翠鈴は言う。彼女がこくんと頷いた時。

「翠鈴妃さま、翠鈴妃さま」

コンコンと扉がノックされる。蘭蘭がぎくりと肩を震わせた。

「翠鈴妃さま？」

声からしてどうやら梓萌のようだった。

蘭蘭が慌てて寝台を出て、床を拭いているふりをする。それを確認して、翠鈴は扉を開けた。

「はい」

扉の先に立っていたのは、予想通り梓萌だった。

「翠鈴妃さま、お呼びしたらすぐに答えてくださいませ。それがここの決まりです」

開口一番小言を言う。

「申し訳ありませんでした」

翠鈴が謝ると、本題に入った。

「今宵、皇帝陛下のお召しがございます。夕刻に、湯殿にご案内しますので、湯に浸かっていただき、失礼のないようきちんと身なりを整えてくださるようお願いいたします」

　そして眉を寄せて翠鈴の頭のてっぺんから足まで、視線を走らせる。翠鈴が汚いと言わんばかりだ。

　確かに、翠鈴の身体は長旅でドロドロだった。皇帝に会えるような状態でないのは確かだ。湯を使わせてもらえるのはありがたい。

「白菊さまよりお召し物は準備するとのお言葉がありましたから、夕刻までには届くでしょう」

「わかりました」

　答えると、梓萌は床掃除をしている蘭蘭に視線を送った。

「皇帝陛下のお召しまでの段取りは蘭蘭が知っています。それでは」

　そう言ってさっさと帰っていった。

　扉を閉めて、翠鈴はドキドキする。白菊には皇帝とは会うだけでいいと言われたが、それでも緊張してしまうのは仕方がないことだった。

　相手は国の頂点に君臨する存在で、しかも龍神だ。本当なら翠鈴など生涯にわたって会うことなどないはずの相手なのだから。

　ふうと息を吐いて振り返ると、蘭蘭が立ち上がり悔しそうに握り拳《こぶし》を作っていた。

「蘭蘭？　どうかした？」

不思議に思って尋ねると、彼女は扉を睨《にら》んだ。

「お妃さま方が使われる湯殿は、山の温泉から湯を引いてきます。毎日湯を入れ替えて、まだ日が高いうちから、一のお妃さまから順に数名ずつ入っていただく決まりです」

彼女が口にする湯殿に関する決まり事に、翠鈴は頷いた。毎日新しくしていても当然ながら人が使えば湯は汚れる。位の高い妃が優先されるのが当然だ。

翠鈴は百番目だから、すべての妃が入った後の夕方に呼びに来ると梓萌は言ったのだろう。

「でも皇帝陛下のお召しがあるお妃さまは別なんです。一番最初に入る決まりになっています。皇帝陛下は龍神さまですから、新しくて綺麗な湯で身体を清めていただかなくてはなりません」

彼女は、梓萌が決まりを守らずに、翠鈴を最後にしたことに怒っているのだ。

「蘭蘭……」

「翠鈴さまだって、お妃さまなんですから、同じようにしていただかなくてはいけないのに」

意外な彼女の反応に、翠鈴の胸は温かくなる。

一方で、梓萌の対応にはそれほど腹は立たなかった。

「私は百の妃。皇帝陛下のお召しがあっても、ご寵愛をお受けすることはないからかもしれないわね」

白菊との約束を話すわけにいかなくて、曖昧《あいまい》に言うと、蘭蘭が声を張り上げた。

「だけど、それは他のお妃さま方も同じです！　後宮が開かれてお妃さま方が集められてしばらく経ちますが、まだご寵愛をお受けになられたお妃さまはいらっしゃらないんですから！」

その言葉に、翠鈴は驚いて聞き返した。

「え？　まだ誰も？」

「はい」

「だけど一のお妃さまは、確か龍神さまを癒すことができる翡翠の手をお持ちなんでしょう？　宿命の妃だって聞いたわ」

不安になって翠鈴は問いかける。

皇帝の不調は、宿命の妃が癒やしてくれると国中が期待している。翠鈴だってそう思って安心していたのだ。

日照りや水害がどれだけ民を苦しめるか、決して豊かではない村で育った翠鈴はよく知っている。

「華夢妃さまは、翡翠の手の使い手として、診察はされているようですが、ご寵愛は受けておられません。皇帝陛下のお召しがある夜もすぐにお部屋へ戻ってこられますから」

「そう、診察はされているのね」

蘭蘭の話に、翠鈴はまずは安心する。ならば、体調は大丈夫だろう。翡翠の手の持ち主は、どんな不調も癒やすと言われているのだから。もしかしたら、ご寵愛は体調の回復を待っているのかもしれない。

「よくわかったわ、蘭蘭。ありがとう、湯を使う順番が最後でも、ご寵愛を受ける心配がないなら安心よ」

気持ちを切り替えて翠鈴が言うと、蘭蘭はまた目を潤ませ、ぐっと口を一文字に結び、机の上の朝食の盆を手に取った。

「私は女官の詰め所へ行って参ります」

突然の行動に翠鈴は首を傾げる。

「詰め所にって、今日は一日寝てなくちゃ……」

「寝ている暇はありません。翠鈴さまの今宵のお召しの準備を整えなくては！」

とっぷりと日が暮れて、灯籠の明かりが灯る長い廊下を翠鈴は梓萌に続き歩いている。廊下に並ぶ貴妃たちの部屋から、くすくすという笑い声が聞こえていた。皇帝の夜の寝所へ召されているというのに、翠鈴が普段着の作務衣を着ているからだ。

夜のお召しまでに翠鈴を美しく着飾らせると気合い十分で女官の詰め所へ行った蘭蘭は、結局、着飾るのに必要な紅も白粉も香も手に入れることはできなかった。

しょんぼりとして帰ってきた彼女に話を聞くと、他の女官たちに妨害されたのだという。どうにか手に入れられたという石鹸《せっけん》で翠鈴は終い湯に入った。

さっぱりとして部屋へ戻るとなんと蘭蘭が、しくしくと泣いているではないか。今夜のために白菊から届けられた衣装が泥まみれだったのだという。おそらくは届けられる過程で誰かにわざと汚された、つまり嫌がらせを受けたのだろう。

『蘭蘭、泣かないで。大丈夫、なんとかするから』

翠鈴はそう言って彼女を慰めた。とはいえ、代わりの衣装を準備できるはずもなく、故郷から持ってきた替えの作務衣を着るしかなかったのである。

迎えに来た梓萌は、作務衣姿の翠鈴に、一瞬眉を寄せたもののなにも言わなかった。

そして彼女に続き歩いている翠鈴を見て妃たちが特に驚く様子もなく笑っていることを考えると、衣装が泥まみれだったのは彼女たちの中の誰かの差し金かもしれない。

「よくあんななりで陛下のもとへ行けるわね」

「さすが緑族、恥知らずもいいとこだわ」

聞こえてくる言葉はひどいものだが、まったく気にならなかった。

もとより寵愛など望んではいないのだ。着るものなどどうでもいいから、早く皇帝に会って故郷の村に帰りたい。

長い廊下を梓萌はゆっくり進む。

もっと早く歩いてくれればいいのに、と翠鈴は内心で思っていた。

やがて前方に大きな龍が描かれた、巨大な赤い観音開きの扉が見えてくる。その先が後宮と皇帝の寝所を繋ぐ渡り廊下だ。扉のそばの部屋は、ひときわ豪華な扉を持つ一の妃の部屋だった。

扉の前に華夢が立っている。

桃色のひらひらとした衣装を身につけて薄化粧を施し、寝る前とは思えないほど美しく着飾っている。まるで彼女が皇帝の夜の寝所へ召されるかのようだった。

翠鈴たちが彼女の前まで来ると、艶々の唇を開いた。

「こんばんは、翠鈴妃さま」

梓萌が足を止めた。

「こんばんは……華夢妃さま」

戸惑いながら翠鈴は答える。声をかけられたことが意外だった。

「声をかけられたわ」

「さすがは華夢妃さま、私たちとは心構えが違うわね」

「なんといっても皇后さまになられる方ですもの」

妃たちが囁き合う中、華夢は翠鈴のすぐそばまでやってくる。花のような甘い香りが強くなった。

一瞬、翠鈴は身構える。なにか好意的でない仕打ちを受けるのでは？と思ったからだ。でもそうではなく、彼女は口もとに笑みを浮かべて翠鈴の手を取った。

「そう硬くならなくて大丈夫よ。皇帝陛下はお優しい方ですから」

その言葉に翠鈴は肩の力を抜く。

彼女は翠鈴の緊張をほぐそうとしてくれているのだ。

「ありがとうございます、華夢妃さま」

答えると、華夢妃はにっこりと微笑んで、少し声を落とした。

「ここだけの話、陛下は気分が優れないことがおありです。妃がお伺いしても寵愛する気になれない時は下がるようにおっしゃいます。もしそうなってもあなたが罰を受けることはありませんから、安心して部屋を出てくださいね」

あらかじめ翠鈴が寵愛を受けなさそうだと予測して、その際の振る舞い方を教えてくれているのだ。さすがは皇后候補と言われるだけのことはある。慈悲深く思慮深い助言に、翠鈴は頷いた。

同時に内心で不安になる。

彼女は、妃というだけでなく翡翠の手の使い手なのだ。その彼女の口から『気分が優れないことがある』という言葉が出たからだ。

皇帝の具合があまりよくないという噂は本当のようだ。皇帝は国の平穏のためになくてはならない存在だというのに、その彼が健やかでないということが心配だった。なにか自分にできることはないだろうかと翠鈴は考えを巡らせる。誰かの不調を耳にした時のくせだった。

でもすぐに相手は人ではなく龍神なのだと思い出し、落胆する。龍神を癒やすことができるのは、この世にただひとり、翡翠の手を持つ者だけなのだ。

「では参りましょう」

梓萌がまた歩きだす。翠鈴もそれに従った。

赤い扉の前まで来ると、ギギギと音を立てて扉は開く。翠鈴はごくりと喉を鳴らした。硬くならなくてよいと華夢に言われたばかりだが、それは無理な話だった。

真っ暗な廊下を、梓萌が手にしている蝋燭《ろうそく》の光を頼りにひたりひたりとゆっくり歩く。

次第に少し不思議な感覚に陥っていく。一歩一歩皇帝に近づくたびに空気が澄《す》んでいくような、心が清らかになっていくような心地がした。まるでこの暗い廊下の先は天界につながっていて、心の中の汚いものがすべて捨てられていく――そんな感覚だ。

永遠にも思えるような長い廊下を抜けた先に、今度は深い緑色の大きな扉が見えてくる。梓萌がその前に立ち、足を止めて振り返った。

「この先が皇帝陛下の寝所にございます」

そして声を低くした。

「よいですか？　先ほどの華夢妃さまのお言葉を忘れないように。皇帝陛下から下がるようにというお言葉をいただいたら、しつこく食い下がったりせずに、すぐに部屋を出るように。私は扉の外に控えておりますから」

まるでそうなると決まっているかのように彼女は言う。

翠鈴は頷いた。

「わかりました。すぐに下がります」

はっきりと答えると、梓萌は安心したように息を吐いて扉の方へ向き直り声を張り上げた。

「百の妃、緑翠鈴妃さま参られました」

静まり返った廊下に、梓萌の声が響く。

扉が、音もなくゆっくりと開いた。

梓萌が一歩下がり翠鈴を見る。ここから先はひとりで行けということだろう。

大きく息を吸い一旦心を落ち着けてから一歩を踏み出す。中へ入ると背後で扉が閉まった。

部屋の中は清廉な空気に満ちている。灯籠は中央にひとつだけのはずなのに、天蓋付きの寝台に座る存在をはっきりと見ることができた。

——寝台に座る男性は、鋭い目でこちらを見ている。銀の長い髪は冷たい輝きを放ち、漆黒の瞳は見つめているだけで吸い込まれそうな心地がする。逞《たくま》しい体躯《たいく》、それら恐ろしいほどに整った顔立ち、他者を寄せつけない存在感。彼が現皇帝、劉弦帝で間違いない。

事前に梓萠から聞いていた作法では、すぐに床に膝をついてこうべを垂れ、彼の言葉を待たなくてはならない。でも翠鈴はそうすることができなかった。

どうしてか、身体が動かない。

胸の奥が熱くなって、彼とははじめて会うはずなのに、懐かしいような不思議な感情に支配される。強く心を惹《ひ》きつけられるのを感じていた。

皇帝が訝《いぶか》しむように目を細めた。

「そなたが、百の妃か？」

低い声音で問いかけられる。夜の寝所を訪れた妃が、簡易な服を着ているのを不思議に思ったのだろう。

咎《とが》めるような冷たい視線に、震えながら突っ立ったまま口を開くことができなかった。その翠鈴をジッと見つめて皇帝がゆっくりと立ち上がる。一歩一歩こちらへやってくる。

心臓が飛び出てしまいそうだった。梓萌や華夢の口ぶりから、寝所に入ってすぐに下がるように言われるものと思い込んでいたのに、まさかそれ以外のやり取りがあるとは想像もしていなかったから、どうしていいかわからない。

互いの息遣いを感じる距離まで来て、彼はぴたりと足を止める。少し甘い高貴な香りが翠鈴の鼻を掠めた。怖くてたまらないのに、目を逸らすことができなかった。

「そなた……」

言いかけて口を閉じ、彼は眉間に皺を寄せる。その仕草に、翠鈴はハッとした。彼の体調が優れないという話を思い出す。

「陛下、お加減が……？」

思わずそう問いかけて、手を伸ばす。彼の頬に指先が触れたその刹那、どくんと鼓動が大きく跳ねて、指先が焼けるように熱くなった。

「あ……」

あまりの衝撃に目を見開き膝を折ると、崩れ落ちる身体を、皇帝が抱きとめた。そのまま至近距離で見つめ合う。

すぐ近くにある彼の瞳に、翠鈴の胸の奥底にあるなにかが強く反応する。

彼の手が頬に触れる。また鼓動が大きな音を立てて、翠鈴は熱い息を吐いた。うねるような衝動が身体中を駆け巡り、息苦しささえ感じるくらいだった。

頭と心、指先が痺《しび》れる感覚にどうにかなってしまいそうだ。これ以上は耐えられない、翠鈴がそう思った時、皇帝の唇が動いた。

「そなたはいったい……」

その言葉に翠鈴が答えるより先に、逞しい腕に抱き上げられる。

「つっ……！」

息を呑み、目を閉じて彼の首にしがみついた。

彼は翠鈴を軽々と腕に抱いたまま、寝室を横切る。目を開くと、大きな寝台に寝かされていた。天蓋を背にした皇帝が翠鈴の両脇に手をついている。

「陛下……」

皇帝の寝台の上にふたりでいる。予想もしなかった展開に、羞恥《しゅうち》を覚えて身をよじる。

「私……」

その翠鈴の髪をなだめるように大きな手が撫《な》でた。彼の持つ冷たい空気とは裏腹に、驚くほど優しい手つきだった。

また視線を絡ませると、不思議な感情に支配される。

彼とは初対面のはずなのに、こうなることは、生まれた時から決まっていたと感じている。

「怖くはない、大丈夫だ」

顎に添えられた彼の指先が唇を辿る感覚に、翠鈴の背中が甘く痺れる。

ゆっくりと近づく彼の唇。目を閉じると同時に、熱く唇を奪われた。

第二章　懐妊

知らない場所へ行く夢を見た。

そこは綺麗な色の雲の上で、身体が驚くほど軽いのだ。翠鈴は男性と手を繋いで雲の上をゆっくりと歩いている。

相手が誰かはわからない。顔が見えるようで見えないからだ。けれど心の底から安心できる相手だというのは間違いない。

やがてふたりは、雲の泉から七色の水が湧き出る泉へと辿り着く。

男性が大丈夫というように頷いて、泉に視線を送る。柔らかな微笑みに導かれるようにして泉へ足を踏み入れると、七色の光に包まれた。

瞼《まぶた》の向こうに光を感じて、翠鈴の意識は現《うつつ》へと引き戻される。ゆっくりと目を開くと温かいなにかに包まれていた。

ぼんやりと目に映る、生まれ育った自分の家でも後宮に与えられた部屋でもない光景に、ハッとして目を開き思わず翠鈴は声をあげる。

「きゃっ……！」

すぐに口を両手で押さえて瞬きをした。

窓から差し込む朝日の中で、自分がくっついて寝ていた〝あるもの〟に驚いたからである。

天蓋付きの寝台から、はみ出るような形で翠鈴を包んでいたもの、それは銀色に輝く龍だった。とぐろを巻くように翠鈴を包んでいる。

言葉もなく翠鈴はその美しい龍を見つめた。黄金色の長い髭《ひげ》と光の加減によっては虹色にも思える鱗《うろこ》。目は閉じていてゆっくりと呼吸している。眠っているのだ。見た目は固そうに思えるのに、翠鈴が触れている部分は意外なほど柔らかい。

とそこまで考えて、翠鈴はまた声をあげそうになってしまう。自分がなにも身につけていないことに気がついたからだ。

慌ててかけ布を引き寄せて裸の身体に巻きつける。寝台のそばに丸まって落ちている自分の作務衣を直視することができない。昨夜起こったことを思い出して、頭から茹《ゆ》で上がるような心地になった。

眠る銀色の龍は間違いなく皇帝だ。昨夜は人の姿だったが、彼は龍神なのだからこれが本来の姿なのだ。

それにしても、どうしてこんなことになってしまったのだろう？

翠鈴が寵愛を受けることはないと白菊は言い切った。

それなのに、この部屋で一夜を過ごしてしまうなんて……。

医療を施す者の心得として、男女のことは知識としては知っていた。でも経験はまったくなく、それどころか今後経験する予定もないと思っていたのに。はじめて顔を合わせた男性と、すぐに深い仲になってしまったことが信じられなかった。

もちろん相手は皇帝なのだから、たとえ嫌でも断ることはできなかった。翠鈴がなにより不思議なのは、術にでもかかったように、彼に触れられることを少しも嫌だと思わなかったことだ。

それどころか……。

銀色の龍は、相変わらず穏やかな寝息を立てている。長い銀色のまつ毛が差し込む朝日に反射してキラキラと輝いていた。

その身体に、ところどころに赤く光る箇所がある。耳の後ろ、首、背中……。人でいうとちょうど、ツボがあるあたりだ。

首を傾げて、翠鈴はその光に手をかざす。どうしてか、そうするのが正しいことのように思えたからだ。

かざしたその手が温かくなり、同時に赤い光がすっと消えた。他の箇所へも手をかざしてみる。本当にどうしてかわからないけれど、そうするべきだと思ったからだ。

そうして翠鈴が最後のひとつを消した時――。

「なにをしている」

声と共に風がびゅっと吹いて翠鈴を包む。窓がガタガタと大きな音を立てた。目を閉じて開いた時には龍は消え、代わりに皇帝に腕を掴まれていた。鋭い視線で彼は翠鈴を見ている。

翠鈴はなにも答えられなかった。

なにをしていたか自分でもよくわからなかったからだ。ただ、なにかに導かれるように手をかざしていただけで……。

「あの……」

鋭い視線に、恐る恐る口を開く。

「赤い光を消していました」

「光？」

「陛下のお身体のあちこちに……」

それ以上は説明できずに口を閉じる。

皇帝が「身体の？」と呟いて眉を寄せた。そしてハッとしたように首の後ろに手をあてて、訝しむように目を細めた。

「……そなた、名は？」

「緑翠鈴と申します」

「翠鈴……」

皇帝が繰り返した時。

「皇帝陛下！　陛下！　騒がしいですが、いかがされました？」

扉の向こうから、呼びかける声がする。さっきの風が窓枠を揺らしたことを不審に思って駆けつけたのだろう。

翠鈴はハッとして、身体に巻きつけた布の胸もとを握りしめた。声の主が男だからだ。なにも着ていないのに入ってこられるのは嫌だった。

彼らが扉を開ける前に服を着たい。でも皇帝の目の前で身体に巻きつけた布を解き、作務衣を着る勇気もない。

そんな翠鈴をちらりと見て、皇帝が扉に向かって口を開いた。

「大事ない。百の妃を下がらせる。女官のみ入室するように」

「御意にございます」

翠鈴がホッとした時、ゆっくりと扉が開いて、女官が数名部屋へ入ってくる。その中に梓萌もいた。素肌に布を巻いただけの翠鈴を見て、一瞬信じられないという表情になるが、皇帝の手前、なにも言わなかった。

「翠鈴妃さま、こちらへ」

寝台のそばまで来て、翠鈴に手を差し出した。混乱しながらも翠鈴はその手を取った。とにかく早くこの状況から逃れたい。

寝台を下りると、皇帝が梓萌に向かって口を開いた。

「湯浴みをさせて、身体をいたわるように」

その言葉に、翠鈴の頬が熱くなる。翠鈴のことを思っての慈悲深い言葉だ。が、否が応でも昨夜のことを連想させられてしまい、耳を塞《ふさ》ぎたくなる。

梓萌も瞬きをして一瞬固まったが、すぐに頭を下げた。

「かしこまりました。翠鈴妃さま、参りましょう。段差がありますから、お気をつけくださいませ」

昨夜までとはまったく違う、へりくだった態度だった。そのことが翠鈴を余計に混乱させる。

大変なことになってしまった、という考えが頭の中をぐるぐる回るのを感じながら、翠鈴は部屋を後にした。


紅禁城の玉座の間にて、劉弦は九十九人の家臣と対峙《たいじ》している。毎朝恒例の謁見《えっけん》である。

「皇帝陛下、おはようございます」

ずらりと並ぶ家臣の中から黄福律が歩み出る。残りの者も頭を下げた。

「昨夜は、後宮の妃に情けをくださりまして、ありがとうございました。家臣一同お礼を申し上げます」

そう言う彼の表情がどこか苦々しく感じられるのは、劉弦の思いすごしではないはずだ。後宮が開かれてから昨夜までずっとどの妃にも手を出さなかったのに、どうしてよりによってはじめて寵愛を与えたのが百の妃なのだと思っているに違いない。

玉座に肘をついて劉弦は家臣たちを見渡した。劉弦が翠鈴を後宮へ下がらせたのが半刻ほど前、もはやすべての者に昨夜のことは伝わっているようだ。

皆、釈然としない様子だった。

「たとえどのような出自の妃でも、寵愛をくださるのは、ありがたいことにございます。どのような出自でも……なれど」

「それよりも、福律」

劉弦は彼の言葉を遮った。

「南西地方で豪雨が発生し堤が決壊した。作物に影響が出ているようだ。すぐに堤を作り直し、税は向こう二年免除だと伝えよ」

「堤が……それは」

福律が目を見開いた。天候だけでなく被害状況まで言及した劉弦に家臣たちがざわざわとした。

「皇帝陛下、国土が、お見えになるのですか？」

「お加減がよくなられたのですか？」

彼らからの問いかけに、劉弦は頷いた。

今朝起きた時よりいつもの頭痛は消えていて、目を閉じると以前のように国の隅々まではっきりと見渡せた。

「華夢妃さまの治療の効果にございますね！」

誰かが言い、それに応えるように別の誰かが声をあげる。

「さすがは黄族の姫君、翡翠の手の使い手にございます」

この現象が華夢のおかげではないことははっきりしている。彼女の診察を受けるようになってからずいぶん経つが、その間体調は悪くなる一方だったのだから。

だが劉弦は否定はしなかった。代わりに福律をちらりと見る。その表情からはなにも読み取れなかった。

立ち上がり、宣言する。

「私は執務室にて国を見る。なにかあれば追って指示する」

そのまま玉座の間を後にした。

玉座の間から短い廊下で繋がった部屋が、劉弦が執務室として使っている空間だ。特殊な結界が張ってあり、劉弦以外は白菊しか入れない。雲が渦巻く天井の下、なにもない空間に椅子がひとつ置いてある。

扉を閉めると同時に、白菊が姿を現した。

「劉弦さま、いったいどうされたんです？　昨夜、なにがあったんですか？」

開口一番問いかける。

劉弦は答えなかった。答えられなかったのだ。昨夜起きたことの説明をうまくできる自信がない。

「まさか、あの娘に手をつけたのではないでしょうね？　もしそうであれば、天界へ戻ることはできなくなりますよ」

咎めるように白菊は言う。

「もう時間がないというのに、このままではあなたさまは邪神に……」

「それは大丈夫だ。私は邪神にはならない」

気色ばむ白菊の言葉を遮って、劉弦は言い切った。

今朝目覚めた時から、視界の曇りは晴れ、心は澄み渡っている。昨夜までの自分とは違うと明確に言い切れた。今すぐに邪神に成り果てることがないのは確かだった。

「頭痛も消えた、目もよく見える」

とりあえず、白菊の懸念を取り払うためそう言うと、彼は切れ長の目を見開いた。

「それは……」

「もうよい、下がれ。少しひとりで考えたい」

それが今の自分には必要だった。自分の体調はすなわち国の状態。状況がよくなったようにも思えるが、それがいったいなぜなのか、はっきりわからなければ手放しでは喜べない。

「……御意」

白菊が消えると、劉弦は目を閉じる。意識を雲の上までもってくると、やはり国の隅々まで綺麗に見渡せた。

目を開き、劉弦はこの現象の原因に思いを馳《は》せる。心あたりは、百の妃緑翠鈴と一夜を共にしたことだった。

——昨夜は不可解なことの連続だった。

そもそもはじまりからしておかしかったのだ。

寝室にて、妃を待つあの時間。

後宮と寝所を繋ぐ渡り廊下を、ひたりひたりと近づいてくるあの足音は、普段なら憂鬱でうっとうしく感じるはずなのだ。それなのに昨夜に限っては妙に心地よく耳に響いた。

足音の主が一歩一歩近づいてくるたびに、空気が澄んでゆくような心地がしたのもいつもとまったく逆の感覚だ。

そして現れた娘は質素ななりをしていた。およそ皇帝の寝所に召されたとは思えない格好のその娘に、劉弦の視線は吸い寄せられ逸らすことができなかった。

彼女の纏う清廉で塵《ちり》ひとつ浮いていない澄んだ泉のような空気……。

――あのような人間ははじめてだ。

いつも劉弦は、入室した妃を近寄らせることはせず、そのまま下がらせる。それなのに昨夜は強く惹きつけられるような奇妙な衝動に襲われて、立ち上がり自分から歩み寄ってしまったのだ。

そして指先がほんの少し触れたその瞬間、はじめからこうなることが決まっていたのだという強烈な想いが胸を貫いて、彼女を腕に抱き上げた。すぐ近くにある彼女の柔らかそうな唇にまるで誘われているような心地がして、迷わずそこへ口づけた。

そして目覚めたら、この状況……。

首の後ろに手をあてて、劉弦は朝の翠鈴を思い出した。

『赤い光を消していました』

劉弦を悩ませていた頭痛が消えたのは、彼女が言ったことと無関係ではないだろう。

劉弦は目を閉じて、深呼吸する。

そもそも、龍の姿で眠っているところを見られてしまったこと自体あり得ない。

神は本来の姿を人に見せるものではないからだ。よほど気を許した相手、信頼できる者にしか、龍に戻った姿を見せたことはなかったというのに……。

「緑翠鈴、か」

天井の雲を見上げて劉弦は呟いた。

皇帝と一夜を共にした妃は、後宮の湯殿ではなく皇帝の宮にある湯殿で、湯浴みをする決まりだという。

「皇帝陛下の寵愛をお受けになられたお身体を、みだりに他人に見られないためにございます。このためだけに雇われた女官がお身体を洗わせていただきます」

梓萌の言葉に、翠鈴は抵抗した。誰かに身体を洗われるなど恥ずかしくて嫌だった。赤ん坊じゃないのだから、自分で洗えると何度も主張したが、結局押し切られすべて洗われることになってしまった。

頭のてっぺんから爪の先までぴかぴかになった翠鈴は、真新しい白い衣装を着せられて、後宮へと戻るため長い渡り廊下を梓萌に続き歩いている。

「朝食をお部屋にご用意してございます。お部屋までご案内いたします」

案内など不要とわかっているはずなのに、気持ち悪いほどにこやかに言う。本当に昨日とはまったく違う態度だった。

廊下の先の赤い扉まで辿り着き、扉が開く。

ちょうど朝食を終えた頃で、妃たちは中庭で思い思いの時を過ごしている。皇帝の寝所から戻ってきた翠鈴に、その場が静まり返った。

今まで皇帝は、寝所へ召された妃をすぐに下がらせていたという話だから、夜のうちに後宮へ戻ってくるのが普通なのだ。それなのに朝になるまで帰ってこなかった翠鈴を、どう捉えるべきかわからないのだろう。

異様な空気の中、翠鈴は廊下を進む。

「翠鈴妃さま」

呼びかけられて、梓萌が足を止める。華夢だった。

彼女は朝日が差し込む中庭で、妃たちに囲まれて長椅子に座っていた。薄紫色の衣装を身につけて優雅に微笑んでいる様は、まるで花の上を飛ぶ蝶《ちょう》のように可憐《かれん》だった。立ち上がり、翠鈴のところまでやってきて手を取った。

「翠鈴妃さまが、皇帝陛下にご寵愛いただいたこと、心よりお喜び申し上げます」

一点の曇りもない笑顔を見せる。

でもそこで、手のひらにちくりと痛みを感じて、翠鈴は顔を歪めた。華夢がはめている純金の指輪が鋭い針のように尖《とが》っている。反射的に手を引っ込めた。

「私はなにも……」

痛む手をもう一方の手で庇《かば》い小さな声を出す。

華夢が眉を寄せた。

「なれど翠鈴妃さま、昨夜は黙っておりましたが、あのお衣装は感心できません。なんといっても陛下の御前にお伺いするのですから。あのような衣装を準備した女官には罰をお与えくださいませね？」

女官に罰をと言う華夢に、翠鈴は首を横に振った。

「女官のせいではありません。白菊さまが用意してくださったお衣装が、私の部屋へ届くまでに泥まみれになっていたのです。だから……仕方なく」

女官とはすなわち蘭蘭のことだ。なんの落ち度もない彼女を罰するなどしたくない。

「なれば衣装をダメにした罪で、やはり女官を罰するべきだわ。それが後宮の秩序を守るということよ」

そう言い残し、袖をひらひらさせて去っていった。

「参りましょう」

梓萌が歩きだし、翠鈴は後に続いた。頭の中は、不安でいっぱいだった。

昨夜まで翠鈴の存在は、招かれざる客ではあるものの取るに足らない存在だった。寵愛を受ける可能性はない妃だったから。

だからこそ、華夢は翠鈴に親切にしてくれた。

だが予想に反して、翠鈴が寵愛を受けたことで、そうではなくなったということだ。

――尖った指輪の件は、宣戦布告なのかもしれない。

唯一親切に声をかけてくれていた華夢まで敵に回ってしまったら、ますますここでの翠鈴の立場は危ういものになる。

……だとしても、大丈夫。私はすぐにここを去るのだから。

明らかな敵意を滲ませる妃たちの視線を感じながら、翠鈴は一生懸命自分自身に言い聞かせた。

部屋へ戻ると、梓萌が言った通り朝食が準備されていた。

「翠鈴さま、おかえりなさいませ！」

部屋の中にいた蘭蘭が誇らしげに笑顔を見せた。

「あれ……？　なんだか随分豪勢ね」

机の上に所狭しと並べられた皿と茶碗の数々に、翠鈴が首を傾げると、背後で梓萌が口を開いた。

「寵愛をお受けになられた翌朝の朝食は、お妃さまの位に関係なく十品と決められております」

「そうなの」

本当になにもかもが寵愛ありきなのだと、呆れてしまうくらいだった。

「では、翠鈴妃さま。私はこれで」

頭を下げて梓萌が下がる。

翠鈴は朝食を見てため息をついた。

「こんなのとても食べきれないわ。蘭蘭あなた朝食は？　まだなら一緒に食べましょう。……ふたりでも多いくらいだけど」

そう言って蘭蘭を見ると、彼女の目にみるみる涙が溜まっていく。ついには溢れてぼろぼろと泣きだした。

「翠鈴さまぁ」

「ど、どうしたの？　蘭蘭。私がいない間になにかあった？　また嫌がらせされたのね？」

翠鈴が尋ねると、彼女はぶんぶんと首を横に振った。

「違いますう。これは嬉し涙ですう。ご寵愛をお受けになられたこと、おめでとうございます」

そう言って、腕で顔を覆い、おいおいと泣いている。

「翠鈴さまは、どのお妃さまよりも心が温かい方です。皇帝陛下は龍神さまですから、それがおわかりになったんです。私……私、う、嬉しいです」

「あ、ありがとう……」

戸惑いながら翠鈴は答える。正直言って、寵愛を受けたことが自分にとって喜ばしいことなのかはわからなかったが、彼女の気持ちは素直に嬉しかった。

「とりあえず、食べてしまいましょう。冷めないうちに」

翠鈴がそう言うと、蘭蘭は鼻をすすりながら素直に向かいの席に座る。妃である翠鈴と一緒に食事をとることに、抵抗はなくなったようだ。

その蘭蘭の手首に赤い光があることに気がついて翠鈴は手を止めた。

「蘭蘭、あなたその光はなに？　左の手首の」

赤い光を見つめたまま翠鈴は尋ねる。

蘭蘭が首を傾げた。

「光……でございますか？　手首に？　なにもありませんが」

蘭蘭が手首を見て首を傾げた。とぼけているようには思えない。蘭蘭には見えていないのだろうか？

翠鈴はジッと光を見つめる。赤い光は色も大きさも、さっき皇帝の身体にあったのと同じように思えた。

──なんとなく、本当になんとなくなのだが、赤い光が彼女の不調を教えてくれている気がして翠鈴は問いかける。

「蘭蘭、左の手首を痛めたの？」

蘭蘭はぎくりとした。

「ええ……まぁ、ちょっとぶつけてしまいまして」

気まずそうに言う。おそらく他の女官に嫌がらせでもされたのだろう。

「でも大したことないですよ。こうしていればそのうち治りますから」

そう言って手をぶんぶんと振るのを翠鈴は慌てて止める。

「ダメ、動かさないで！」

とりあえず、その辺りにあった適当な棒を添え木代わりにあて、布でぐるぐると巻いた。

「痛みがなくなるまではこのままよ。取ってはダメ、わかった？」

「わかりました。それにしても翠鈴さまには痛いところや悪いところが、すぐにわかるんですね。すごい目をお持ちです。まるで術みたい」

蘭蘭が感心したように言う。

彼女はたとえ話で言ったのだが、その通りだった。どうやら翠鈴は人の身体の悪いところが見えるようになったらしい。以前も、身体に触れれば大体のことはわかったけれど、見ただけでわかるというのが驚きだ。

心あたりがあるとすれば、昨夜の出来事だろう。

きっと相手が神さまだったから。

この変化は、いわゆるご利益のようなもの……？

「……りんさま。翠鈴さま？」

考え込む翠鈴を蘭蘭が不思議そうに見ている。

「あ、ごめんなさい。食べようか」

そう言って自分の椅子に座ると、蘭蘭も箸を取った。

「翠鈴さま、このお菜をお食べください。身体が温まると言われております」

「じゃあ、蘭蘭も食べなくちゃ」

「ですが……」

——その時。

シュッとなにかを擦ったような音がして、突然、白菊が姿を現した。

「きゃあ！」

翠鈴は思わず声をあげる。

蘭蘭は「ひぇ！」と言って、慌てて箸を置いた。そのまま真っ青になっている。妃と一緒に食事をしているところを誰かに見られたら叱られるからである。

「し、白菊さま……！　ああ、驚いた」

「食事中でしたか」

「は、はい。……蘭蘭、大丈夫よ。白菊さまは、人間同士のことにご興味はないの」

震えている蘭蘭を庇うために翠鈴は言う。

蘭蘭を咎めないでほしいという目で彼を見ると、白菊が「ええ、まぁ」と答えた。

蘭蘭はホッと息を吐く。

白菊が翠鈴に視線を戻した。

「私はあなたに話があって来たのです」

村へ帰る話だ。

「蘭蘭、ちょっと外で待っていてくれる？　大切なお話なの」

「かしこまりました」

素直に部屋を出ていく蘭蘭に、翠鈴の胸が罪悪感でいっぱいになった。せっかく親しくなれたのに、もうすぐお別れなのだ。いじめられるかもしれない場所に置いていかざるを得ない彼女が不憫《ふびん》だった。

扉が閉まったのを確認して翠鈴は口を開いた。

「白菊さま、お願いがあります」

白菊が眉を上げた。

「さっきの女官のことです。彼女、ここでひどくいじめられていたみたいなんです。たくさん働かされていてろくに食事もとれていないようでした。病になる一歩手前だったんです。私が帰った後も不当な扱いを受けないように目配りしてくださいませんでしょうか？」

当初、白菊から言われていた、ここでの役割を終えた今、気がかりはそれだけだ。

「病に……健康そうに見えましたが」

「しっかり食べさせて休ませたら元気になりました。でもまた同じような扱いを受けたらもとに戻ってしまいます」

「食べさせて休ませた……」

蘭蘭が座っていた椅子を見て、白菊が呟いた。

「はい。ですから……」

「なるほど。ですがあなたはまずご自分のことを心配するべきです」

白菊の言葉に、翠鈴は首を傾げた。

「私のこと？」

「ええ、昨夜の話を聞かせてください。皇帝陛下の寝所でなにがあったのか」

「なっ……！　なにがって……！」

ズバリ核心をつく問いかけに、翠鈴は真っ赤になってしまう。あやかしに気遣いを求めるのは無理な話なのかもしれないが、それにしても女人相手に不躾な質問だ。

それなのに白菊は平然として続きを促した。

「陛下に聞いても、だんまりで埒《らち》があかないのです。大切なことだというのに。だから仕方なく、あなたに聞きに来たというわけです。単刀直入に聞きます。昨夜あなたは陛下の寵愛を受けたのですか？」

赤い目でジッと見つめられては嘘をつくことはできない。

翠鈴は真っ赤になったまま頷いた。

「……受けました」

「なんてことだ……」

白菊が手で顔を覆い、深いため息をついた。

「し、仕方がなかったんです……！　私にお断りすることはできませんし」

断りたいという気持ちは微塵もなかったがとりあえずそう言い訳をする。同時に昨夜の出来事が頭に浮かび、身体が熱くなった。

有無を言わせず寝台の上で組み敷かれたはずなのに、翠鈴に触れる彼の手は驚くほど優しかった。熱い吐息が身体中を辿る感覚に、今まで感じたことのない胸の高鳴りを覚えたのだ。

はじめて異性と身体を重ねる時は、苦痛も伴うものと聞いていたが、ただ満たされた一夜だった……。

うつむく翠鈴に、白菊がため息をついた。

「ですがこれであなたは村へ帰れなくなりました」

「え？　ど……どうしてですか？」

「あたりまえでしょう？　皇帝の寵愛を一度でも受けた妃は、生涯後宮の中で暮らす決まりです」

「そんな……！」

白菊の口から出た無情な言葉に、翠鈴は絶句する。

一方で白菊は翠鈴に背を向けて腕を組み、ぶつぶつと言い出した。

「それにしても陛下はいったいなにを考えているのか。私がなんのためにこの娘を連れてきたと……」

「約束が違うじゃありませんか！」

彼の背中に翠鈴が訴えると、白菊が振り返った。

「約束？　妙なことを言いますね。私が村へ帰すと言ったのは寵愛を受けないことが前提の話です。裏を返せば、寵愛を受ければ帰すことはできないのはあたりまえでしょう」

「そんな……」

「それに、いったいなにが不満なのです？　寵愛を受けた妃は、後宮での待遇は格段によくなります。村での暮らしとは比べものにならないくらい贅沢ができますよ」

そう言って彼は、机に並ぶたくさんのお菜に視線を送った。

確かにここにいれば食べるのに困ることはないのだろう。その日暮らしだった村の生活とは比べものにならない。でもそれを翠鈴は望んでいないのだ。

「贅沢なんて興味ない。私は村に帰りたかっただけなのに……」

呟いて寝台に座り込む。

あまりの出来事に頭がついていかなかった。呆然とする翠鈴を見下ろして、白菊がため息をついた。

「贅沢なんて興味ない……人間のくせに、妙なことを言いますね。いずれにせよ、あなたには夕刻、〝懐妊定めの儀〟を受けていただきます。その先の話はその後です」

耳慣れない言葉に、やや放心状態の翠鈴はゆっくりと顔を上げた。

「懐妊定めの儀？」

「そうです。寵愛を受けた妃は次の日の夕刻に受ける決まりになっています。皇帝陛下のお子を宿していないかを確認するために」

「お子を？」

ぼんやりと聞き返す翠鈴に、白菊が呆れたような声を出した。

「そうですよ。まさか、どうやって子ができるか知らないわけじゃないでしょう？やることをやったら子はできます」

「そっ……！　それはそうですが。そんなに早くわからないでしょう？」

確か村の産婆は、赤子ができたかどうかは三月しないと確かなことは言えないと言っていた。翠鈴が皇帝と一夜を共にしたのは昨夜のことなのだ。わかるはずがない。

白菊が鼻で笑った。

「相手は龍神さまにございます。人相手とはわけが違う。次の日の夕刻には子ができたかできていないか判明いたします。それを定めるのが懐妊定めの儀です。宮廷内のすべての家臣と後宮のすべての妃が証人となるため、皆が見守る中で行われます」

翠鈴はぶるりと身を震わせた。今さらながら大変なことになってしまったと気がついたからだ。

昨夜のことを、ご利益を受けたくらいに思っていた自分はなんて迂闊《うかつ》なんだろう。

皇帝と一夜を共にするということは国の一大事なのだ。

「……とはいえ、陛下のお子ができる可能性は極めて低いと思われます。神の子を宿すことのできる人間は限られておりますから」

翠鈴はホッと息を吐いた。

「そうですか……。よかった」

白菊がうっすらと笑った。

「本当に変な娘だ。皇帝の子を産めばあなたは皇后になれるかもしれないのですよ。権力を思うままに操りたいとは思わないのですか？」

「そんなこと、私は望んでおりません」

翠鈴が望んでいるのは静かな暮らし、村に帰りもとの生活に戻ることだけだ。

白菊がやれやれというように肩をすくめた。

「……まぁ、そういうことなら、子ができていなければ、秘密裏に帰すよう取り計らってみましょうか。陛下のお許しが出ればの話ですが」

「お願いします！」

勢い込んで翠鈴は言う。

一夜を共にしたとはいえ、皇帝にとって自分は百人いる妃のうちのひとりなのだ。帰さないなどとは言わないだろう。子ができている可能性も低いというならば希望の光が見えてきた。

「では、懐妊定めの儀を終えたらまた詳細をお知らせします」

そう言ってシュッと音を立てて、白菊は消えた。

翠鈴は蘭蘭を呼ぶために扉を開ける。蘭蘭は少し不安そうに部屋の前に立っていた。開いた扉にホッと息を吐いて部屋の中に入ってくる。

廊下に、数人の妃たちが集まってヒソヒソと囁き合っていた。

「いったいどうやって、陛下をたぶらかしたのかしら」

「緑族の娘だもの、私たちにわからないような卑しいやり方じゃない？」

「どう考えても華夢さまの方がお美しいのに」

その言葉を聞きながら翠鈴は改めて決意する。

こんなところに一生閉じ込められてはたまらない。懐妊定めの儀を終えたら皇帝の許しをもらって、なんとしても村に帰らなければ。

懐妊定めの儀は、紅禁城の裏にある大寺院で行われる。底の見えない深い谷と、小さな泉に挟まれた大寺院は、石造りの簡素な建物である。重要な儀式の時にだけ人が入ることが許される広い境内に、夕刻、宮廷のすべての家臣と後宮の妃が集められた。用意された椅子に座り、泉を取り囲んでいる。大寺院の中にある儀式用の玉座には、皇帝が鎮座していた。

白い衣装を身につけた翠鈴は震える足で泉の前に立っていた。緊張でどうにかなってしまいそうだった。

国の隅ののどかな村で、静かに暮らしていた田舎娘が、こんなところにいるなんて、どう考えてもあり得ない。恐ろしくてたまらなかった。

「術者が合図をしたら、泉にお入りくださいませ」

そばにいる梓萌の言葉に、無言で頷く。今は彼女ですら、そばにいてくれてよかったと思うくらいだった。

この場の一番高いところから玉座に座る皇帝が、自分をジッと見つめている。昨夜は肌を重ねてこれ以上ないくらい近くにいた相手のはずなのに、やはり遠い存在だ。

「天におわす萬《よろず》の神よこの娘の……」

術者が、空に向かって祝詞《のりと》を唱えはじめる。

この場にいるすべての者から注目されている状況に、気が遠くなりそうだ。でもここで気を失うわけにはいかなかった。

しっかりしろ、これが済んだら村へ帰れる、と自分自身に言い聞かせる。

やがて術者は祝詞をやめて翠鈴に視線を送る。梓萠に背中をトントンと叩《たた》かれて翠鈴は一歩踏み出した。

石畳で囲まれている泉は、翠鈴の前だけが石の階段になっている。階段は泉の中へ続いている。

ひやりとした石の感覚を感じながら、翠鈴は階段をゆっくりと下りる。膝まで水に浸かり、術者が空に向かって手を振り上げた時――。

風が吹き、水面が七色の光を放つ。その光に翠鈴は見覚えがあった。昨夜夢で見たのと同じ光だ。

「おおー！」

術者が声をあげ、見守る人たちがどよめきだす。いったいなにが起こったのかがわからなくて、翠鈴の胸は不安でいっぱいになった。

「ご、ご懐妊……緑翠鈴妃さま、ご懐妊にございます!!」

術者が声を張り上げると、その場が騒然となった。

顔を見合わせわーわーとなにかを言い合う家臣たち。妃からは悲鳴があがっている。

翠鈴は言葉もなく立ち尽くした。

悪い夢を見ているような気分だった。

だって、子ができていたらもう村へは帰れなくなってしまう。

祖父から受け継ぎ一生懸命切り盛りしていた診療所。

気のいい村人たち。

のどかで穏やかな暮らし。

帰りたいのに。

帰りたいのに……!

頭の後ろがちりちりと痺れて、きーんという耳鳴りがする。周りの音が遠ざかっていく……。

目を閉じたら故郷の村の自分の家にいるはず。そう思ったのを最後に、翠鈴の意識は真っ暗な闇に閉ざされた。

七色に光る泉の中で立ち尽くす翠鈴を、劉弦は玉座から見下ろしている。場は騒然としていた。

当然だ。

たった一度の寵愛で妃が懐妊したのだから。しかも彼女は、呼び寄せる価値もないと捨て置かれていた百の妃。黄福律が、忌々しげに奥歯を噛みしめている。

劉弦も驚きはした。

だが一方でどこか納得している自分もいる。

自分と人間との間に子ができにくいとされているのは、人の心の中にある邪な部分を神の子が拒否するからだ。実際、寝所を訪れた九十九人の妃たちは、どのように純朴そうな娘でも野心が垣間見え、嫌悪感を覚えた。

だが彼女には、そのような部分を微塵も感じなかったのだ。彼女の中にあるのは心地のよい澄んだ空気だけだった。

玉座に肘をつき、事態を見守っていた劉弦は、翠鈴の様子に眉を寄せる。

顔色がすこぶる悪かった。そもそもここへ来た時からいいとは言えなかったが、今は真っ青だ。おそらくこのような場に、慣れていないせいだろう。

周囲は、懐妊という事実に本人そっちのけで大騒ぎだ。彼女の様子に誰ひとり気がついていない。

劉弦は立ち上がり玉座を下りる。

「陛下？」

すぐそばに控えていた従者数人が劉弦に気がついて問いかけるが、かまわずに急ぎ泉の中の翠鈴のもとへ向かう。

　手が届くところまで来たその時、彼女は糸が切れたように体勢を崩した。水面に倒れ込む寸前で抱きとめ、そのまま抱き上げると、ようやく皆が翠鈴の様子に気がついた。

　皇帝が玉座を下り、妃を抱いているという状況に再びどよめきが起こる。妃たちから悲鳴のような声があがる中、劉弦は彼女の様子を確認する。呼吸は乱れておらず、ただ気を失っているだけのようだった。

「こ、皇帝陛下……。百のお妃さまは私どもでお運びいたしますので、どうか」

　集まってきた従者たちが翠鈴に向かって手を伸ばす。それに、劉弦は言いしれぬ不快感を抱いた。腕の中の清らかな存在を、汚れた手で触れるなと怒りを覚えるくらいだった。

「無用だ。下がっていよ」

　眉を寄せて一喝するとその場が静まり返った。突然の劉弦の行動に皆目を剥いている。後宮が開かれてから今まで一貫して妃を拒み続けてきた劉弦が、彼女を抱いているという光景が信じられないのだろう。

　劉弦とて、まったく予想していなかった展開だ。それでもこうするべきだと強く思う。自分を見つめる一同を、ぐるりと見渡し口を開く。

「彼女は私の妃。私の子を宿した大切な身体だ。お前たちが触れることは許さない。……このまま私の寝所へ運ぶ」

泉を出て皆の前を横切り建物へ向かう。皇帝の意向に逆らえる者はいなかった。翠鈴の身の回りの世話をする女官だけがついてくる。長い廊下を歩きながら、劉弦は彼女たちに指示を飛ばす。

「水と着替えを準備してくれ。それから身体を温めるために私の寝所に火鉢を増やせ。温石も持ってきてくれ」

「かしこまりました」

答えて女官が下がっていった。

静かになった廊下で立ち止まり、劉弦は腕の中の翠鈴を見下ろした。

閉じたまつ毛と白い頬、腕に流れる黒い髪は柔らかく艶やかだった。

眠る彼女を吸い寄せられるように見つめながら、劉弦は奇妙な感覚に陥っていた。

たくさんの家臣と妃が詰めかけた大寺院は欲望と嫉妬が入り混じる澱んだ空気に満ちていた。朝には治った頭の痛みがまたぶり返しているのを感じていた。それが今、彼女を抱いているだけで、痛みがすっと引いていく。それどころか妙な心地よさすら感じるくらいだった。

昨夜のような荒れ狂う衝動はもはやない。それでもこうやってずっと腕に抱いていたいと強く思う。この気持ちがどこからくるものなのか、劉弦は考えを巡らせる。

だが、よくわからなかった。

「不思議な娘だ」

呟いて、また廊下を歩きだした。


母の膝にいるような心地のいい感覚に、翠鈴はゆっくりと目を開く。見慣れない天井が目に飛び込んでくる。不思議に思って瞬きを繰り返していると頭を大きな手が撫でた。

「目覚めたか、気分はどうだ？」

ハッとして目を開くと、漆黒の瞳をした男性が覗き込んでいる。彼の膝を枕にしているのだと気がついて、慌てて翠鈴は起き上がろうとする。それを彼は止めた。

「急に起き上がらない方がよい。倒れたのはつい半刻ほど前だ」

そして背中に腕を回してゆっくりと身体を起こすのを助けてくれる。湯呑みを翠鈴に持たせた。

「水を飲め」

とりあえず翠鈴は言われた通りにする。ごくごく飲むと冷たい水は、カラカラに渇いている身体に染み渡るようで美味《おい》しかった。一方で、目の前の男性が皇帝だということに気がつき、翠鈴の頭が混乱する。状況がよく呑み込めなかった。

「ここは……？」

翠鈴は記憶を辿る。確かに壁や窓、天井や床などは昨夜過ごした彼の寝所と同じに思えた。でも趣は昨夜とずいぶん違っている。

部屋を照らす灯籠がいくつも下がり、火鉢が部屋の四隅と寝台の両脇に置いてある。寝台の布もふかふかで部屋全体が暖かく心地いい。

さらに記憶を辿り、翠鈴は儀式の途中で記憶が途切れていることに思いあたる。

「私の寝所だ」

「私、儀式の途中で……？」

「そうだ、気を失った。だからここへ連れてきた」

「気を失って……？　も、申し訳ありません……！」

翠鈴は真っ青になった。

梓萌からは大切な儀式だから決して粗相のないようにと繰り返し忠告されていた。途中で倒れてしまうなんて、大失態だ。

「いや、気を張っていたのだろうから仕方がない。儀式自体はあれで終わりだったのだから問題はない」

皇帝が言う。意外なほど優しい言葉と声音だった。

「今夜は、このままここで休め。後宮にもそう伝えてある」

「ここで、このまま……？」

ここで休めという言葉に、昨夜の出来事を思い出して、翠鈴の頬が熱くなる。

皇帝が咳払《せきばら》いをした。

「……今夜はなにもせぬ。ゆっくりと眠るだけだ」

「わ、わかりました……」

その彼を見つめていた翠鈴はあることに気がついた。

彼の首筋にまたあの赤い光ができている。朝ほどは濃くないけれど……。

「頭痛がしますか？」

思わず翠鈴は問いかけた。この状況で、と自分でも思う。けれど職業病か、不調な人を見ると尋ねずにはいられないのだ。

「失礼します」

朝にしたように赤い光に手をかざすと、それだけで光は消えてなくなった。やはりどうしてか、彼の赤い光だけは手をかざすだけで消すことができるのだ。

それにしても朝、すべての光を消したはずなのに。うっすらとではあるものの夕方にはまたできているなんて……。

「慢性化していますね、お医者さまから薬湯は処方していただいて……」

言いかける翠鈴の手首を彼が握った。

「きゃっ！」

そのまま鋭い視線を翠鈴の手に走らせる。

「あの……」

そして、翠鈴に視線を戻して口を開いた。

「やはり」

「え？」

「この手こそが、翡翠の手。そなたが、私の宿命の妃だ」

言い切る彼に翠鈴は目を見開く。

「わ、私はただの村娘です……。診療所を開いてはおりましたが、そのような尊い者ではございません。ましてや、宿命の妃などでは……」

首を振り、早口で説明をする。

第一、彼にはすでに華夢という宿命の妃がいる。宿命の妃が何人もいるなんて聞いたことがない。

「いや、この手がどうやっても治らなかった私の頭痛を一瞬で消した。目の曇りを取ったのだ。朝も同じことをしたのだろう」

「そうですが……。それは祖父から教わった指圧の技術があるからではないでしょうか。特別なものではないはずです」

「いや、特別だ。そなたが宿命の妃だということは間違いない。だからこそ、一度の寵愛で子ができたのだろう」

『子ができた』という言葉に、翠鈴は一気に現実に引き戻される。懐妊定めの儀での出来事が頭に浮かんだ。

自分が何者なのかはさておき、皇帝の子を宿したことには間違いないようだ。ならば生まれ育った懐かしい故郷へはもう帰れない。

宮廷内のすべての者が見守る中で懐妊は判明した。ごまかすことはできないだろう。

ここから三日三晩歩いたところにある故郷の村。粗末だけれど生まれ育った懐かしい場所をもう目にすることはできないのだ。

視界がじわりと滲み、あっという間に涙が頬を伝う。

ここへ来てから遭遇した理不尽な扱いも、投げかけられたひどい言葉も、すべていずれは村へ帰れると思っていたからこそ耐えられたのだ。まさか生涯ここで暮らすなど想像してもいなかった。

見知らぬ場所へ連れてこられて、張り詰めていた糸がぷちんと切れてしまったように涙が止まらなかった。

「……いかがした？」

皇帝が眉を寄せて問いかける。

半ばやけになって翠鈴は胸の中にある思いを口にした。

「し、白菊さまは……陛下に会うだけでいいとおっしゃいました。ひと目お会いした後は、む、村へ帰ってよいと……。わ、私はそのつもりだったのです。それなのに……」

翠鈴の言葉を皇帝は黙って聞いている。皇帝相手にこんなことを言うなんて許されないとわかっている。でもどうしても止めることができなかった。

例えばこれで不敬罪に問われたとしてもかまわない。故郷に帰れないなら、ここで人生が終わるとしてもそれでいいという気持ちだった。

「そもそもこんなところへ来たくなかったのに……！　む、無理やり連れてこられて、こんなにひどいことってないわ。私、村に帰りたい。帰りたいよう……」

とうとう翠鈴は大きな声で泣きだしてしまう。寂しい気持ちと涙が溢れて止まらなかった。

しゃくりあげて、震える翠鈴の肩を皇帝がやや戸惑うように包み込み、広い胸に引き寄せた。

温かい胸に、顔をうずめて翠鈴は泣き続ける。

大きな手が慰めるように優しく背中を撫で続けていた。

明るい光を感じて翠鈴はゆっくりと目を開く。すぐそばにある皇帝の寝顔に、ギョッとして、一気に意識が覚醒《かくせい》する。

広い寝台で、翠鈴は彼の腕に抱かれぴたりとひっついていた。

閉じた長いまつ毛と、合わせからちらりと覗く裸の胸元に、翠鈴の鼓動が加速する。眠る彼は、龍の姿と同じように美しい。でも龍の時と違うのは、目のやり場に困るということだった。とにかくこの状況は、心の臓によくない。自分を包む腕から抜け出そうと試みる。

それに皇帝が気がついた。

「ん……起きたのか」

腕が解かれたことにホッとして、翠鈴は身体を起こして正座する。

そして頭を整理した。

昨夜は泣きながら彼に縋りつきそのまま寝てしまったようだ。

一夜を共にしたとはいえ、まだよく知らない男性とくっついて寝たことが自分でも信じられない。でもそれよりも驚きなのは、皇帝が自分を抱いたままだったことだ。

「寝てしまって……申し訳ありません」

皇帝が身体を起こし、手を伸ばして翠鈴の頬に触れる。

「かまわない。それより気分はどうだ？　大事ないか？」

唐突に触れられた頬の温もりに、翠鈴の胸が飛び跳ねる。

すぐには答えられなかった。

彼がどのような人物かなど考えたこともなかったが、少なくとも翠鈴のようなただの娘に、優しい言葉をくれるとは想像していなかった。でもよく考えてみれば、昨夜の彼もずいぶんと優しかったのだ。

昨夜翠鈴は、彼に失礼な態度を取った。子の父親である皇帝を前にして、懐妊したことを嘆いたのだから。本当なら、不敬罪に問われて処刑されてもおかしくはない。それなのに咎められることはなかった。

それどころか彼は、翠鈴を抱き寄せて泣きやむまで背中を優しくさすってくれたのだ。それがとにかく意外だった。

今も不快そうな素ぶりは微塵もなく、ただ気遣わしげに眉を寄せ、翠鈴の頬に手をあてて覗き込んでいる。

頬を包む大きな手と優しい色を浮かべたその目に、翠鈴は、なにやら落ち着かない気持ちになる。頬が熱くなるのを感じながら漆黒の瞳から目を逸らした。

「大丈夫です。あの……昨夜は失礼いたしました」

「いや……」

彼はそう言って首を横に振った。そして親指で翠鈴の瞼に優しく触れる。

「腫《は》れてはないな」

昨夜泣いてしまった翠鈴を気遣ってくれているのだ。少し申し訳なさそうに口を開いた。

「子ができたからには、村に帰してやることはできない。申し訳ないことをした。代わりにはならないだろうが、故郷の村には恩恵を与えよう。そなたのことも、妃として大切にすると約束する」

思いがけない真摯《しんし》な言葉に、翠鈴は息が止まるような心地がした。龍神である皇帝がまさかこのようなまっすぐな謝罪の言葉を口にするとは。

「皇帝陛下……！」

「それから、これからはふたりだけの時は名で呼べ」

「え？　名で？」

「ああ、私の名は劉弦。私たちは夫婦になるのだから」

「劉弦さま……。夫婦」

これもまた思いがけない言葉だった。神さまを名で呼ぶなど翠鈴の常識ではあり得ない。夫婦になると言われてもまったく実感が湧かなかった。

とはいえこの状況を、昨夜よりは冷静に受け止めている自分がいるのも確かだった。

たくさん泣いて喚いて、寂しくて悲しい気持ちを彼に聞いてもらえたからかもしれない。

いくら泣いたところでもう村には帰れない、ここで生きていくしかないのだ。

幸いにして、夫となる劉弦は思っていたよりも誠実な人物のようだ。

懐妊したとはいえ、百人いる妃のうちのひとりでしかない翠鈴に、このような言葉をくれるのだから。

翠鈴は改めて彼を見る。清らかな朝の光の中の劉弦は美しかった。銀髪が光を反射して輝いている。

「わかりました、劉弦さま」

すると劉弦は瞬きを二回して、翠鈴から目を逸らす。そして掠れた声で呟いた。

「……瞳も澄んでいるのだな」

「え……？」

「いや……。私はそろそろ執務へ行かねばならない。翠鈴はもう少しここで休んでいるがよい。朝食をここへ運ばせることもできるが……」

「わ、私も自分の部屋へ戻りたいと思います。蘭蘭……女官も待っているでしょうし」

慌てて翠鈴は答えた。皇帝の寝所でひとり、のうのうと食事をする度胸はない。それに翠鈴がいなくては蘭蘭は食事にありつけないかもしれない。

ぶんぶんと首を振る翠鈴に、劉弦がふっと笑った。

「そうか、ではまた夜に。女官を呼ぶから、このままここで待っていよ」

そう言って、翠鈴の頭を撫でて部屋を出ていった。

はじめて見る彼の笑顔に、翠鈴は動けなくなってしまう。鼓動がとくとくとくと速度を上げてゆくのを感じていた。

昨夜、翠鈴は絶望の中にいた。この世の終わりのように感じていたというのに、一夜明けてみるとまったく違う世界が広がっているように思えるのが不思議だった。

彼の子を身籠った。

それについてはまだ実感がない。

——それでも新しい思いが自分の中に芽生えるのを感じている。その思いがいったいなんなのか、まだわからないけれど。


玉座の間にて、劉弦は家臣から朝の挨拶を受けている。昨日同様、気分はすっきりとして、目を閉じると国の隅々まで見渡すことができた。

この現象が、昨夜翠鈴と同じ寝台で過ごしたからであることはもう疑う余地はなかった。昨夜、泣く彼女を腕に抱いてそのまま眠りにつき、目覚めたら昨日と同じように身体は軽く視界は澄みきっていた。

家臣の中から黄福律が歩み出て、頭を下げて口を開いた。

「皇帝陛下、本日もご加減麗しゅう存じ上げます。昨日の懐妊定めの儀にて、百のお妃さまのご懐妊が判明いたしましたこと家臣を代表してお喜び申し上げます」

恭《うやうや》しく彼は言う。だが本心ではないことは明らかだ。

他の家臣たちも神妙に頭を下げてはいるものの、内心ではじくじたる思いを抱いている。それが手に取るようにわかった。

おそらくはこれも、翠鈴がそばにいる効果なのだろう。彼女に会う前の自分なら、彼らから発する澱んだ空気を避けるため顔を背けるのがせいぜいだった。

だが今は、彼らの思惑を受け止めて今後どのようにすべきかを考える余力がある。

「ご寵愛になられるお妃さまをお選びになられましたこと、心よりお喜び申し上げます。なれど、今宵からは別の妃を召されますようお願い申し上げます」

黄福律からの進言に、劉弦は眉を上げた。

「なぜだ」

「翠鈴妃さまは、すでにご懐妊されておられますゆえ、ご無理のできないお身体にございます。この後は後宮にて女官に手厚くお世話させます」

まるで彼女を気遣うように彼は言う。が、言葉通りの理由ではないのは明らかだ。

劉弦から彼女を遠ざけて、華夢を寝所に侍らせたいのだろう。

「私は私の気に入った妃を寝所に呼ぶことができる。そう申したのはそなたであろう。……今宵も翠鈴妃を所望する。むろん、無理はさせない」

別に彼女を呼ばないからといって、代わりに別の妃を侍らせなくてはならないわけではない。いつもの通り、ひとりで過ごすことも可能なのだ。それでも劉弦は翠鈴を呼ぶことに迷いはなかった。彼女のいない夜を迎える気にはなれない。

黄福律の狡猾な視線と、正面から対峙して劉弦はもう一度繰り返した。

「私は、翠鈴妃を所望する」

「……御意にございます」

「それから、彼女を私の宮から一番近い部屋へ移すよう」

翠鈴は、なるべくそばに置くべきだと直感で思う。この男が、自分の娘以外の妃が子を産むことを放っておくはずがない。

「部屋替え……にございますか」

確認するように黄福律が言う。後ろで他の家臣たちがざわざわとしだした。

その中のひとりの家臣が遠慮がちに口を開いた。

「なれど陛下。陛下の宮に一番近いお部屋は、一のお妃さまのお部屋にございます。一のお妃さまは、翡翠の手の使い手……陛下の宿命の妃にございます。他のお妃さまと同じにはできませぬ」

その言葉を聞いて、ふと劉弦は黄福律がどこまで本当のことを知っているのだろうと訝しむ。

黄華夢が翡翠の手の使い手であると言い出したのは彼だ。一族に伝わる古文書に黄族こそが翡翠の手を輩出する一族だという記載があったと主張して。華夢が薬草学に長けていることもあり、皆それを信用した。

だがそれは所詮人相手の治療法で、劉弦にはまったくといっていいほど効かなかった。劉弦はそれをただ人間自体の能力が衰えたからだと考えていたが、そうではなかったのだ。

翡翠の手の使い手は、翠鈴だ。

それについては確かだが、ここで暴露してよいのか判断がつかなかった。

先の皇帝の治世で、緑族が反逆を企てたのを阻止したのが黄族だと言われていて、以来彼らは宰相の座をほしいままにしている。

さらに長く続いた劉弦の不調が民と宮廷の家臣を不安にし、目が行き届かないうちに、黄族は絶大な力を持ってしまったのだ。

今となっては緑族の反逆の話も真かどうか怪しいと劉弦は訝しむ。

黄福律をこのままにしておくことはできないが、糾弾する時期を見誤れば、内戦になりかねない。

「……では、二の妃の部屋へ」

今はまだ全面対立は避けるべきだと判断し、劉弦が譲歩すると、張り詰めた空気が少し緩んだ。

「御意にございます」

黄福律が頭を下げる。

劉弦は立ち上がった。

「では皆下がれ」

そして西の殿へと続く廊下を目指して歩き出す。

「陛下、どちらへ？」

福律に呼び止められた。

普段なら、謁見が終わるとすぐに空気の澄んでいる執務室へ向かうのに、反対方向に足を向けた劉弦を不思議に思ったようだ。

「西の殿へ行く」

西の殿は文官がいる建物で、各地の役人から届いた報告書が管理されているが、ここしばらくは体調不良が続いていてほとんど目を通せていなかった。

「さようでございますか……。それは大変ありがたいことでございます」

表向き嬉しそうにする福律を横目に見て、劉弦は玉座の間を後にした。

西の殿まで続く長い廊下を歩いていると、どこからともなく白菊が姿を現した。

「劉弦さま」

劉弦は付き添いの従者に合図をして彼らと距離を取る。

歩きながら白菊の報告を聞く。

「あの娘は、何事もなく後宮へ戻りました」

「体調は、大丈夫そうか？」

昨夜泣きながら眠りについた翠鈴は、朝はずいぶん顔色がよかった。だが、倒れたのは昨日のことなのだ。ましてや身重で慣れない生活とくれば、いつまた体調を崩してもおかしくはない。

劉弦の言葉に白菊が意外そうに聞き返した。

「気になりますか？」

「……昨夜は、故郷に帰りたいとひどく泣いていた。白菊、お前彼女に私に会ったら故郷へ帰してやると約束したそうだな。無理やり連れてこられたとも言っていた」

「はい。劉弦さまは百の妃を連れてこいとだけおっしゃいました。どのような手段を使うか指示はありませんでしたので。用が済めば帰れると言っておけば、おとなしく言うことを聞くだろうと思ったのです。実際、当初の予定通りにことが進めばそうしてやるつもりでしたけど」

悪びれることなくそう言って、彼は上目遣いに劉弦を見る。

劉弦は目を逸らした。

言うまでもなく予定通りにいかなかったのは、劉弦が翠鈴に手を出したからだ。昨夜の彼女の涙は、自分のせいなのだと思うと胸が痛んだ。

「……黄福律の動向に注意しろ。翠鈴になにかしないとも限らん」

「あの男の今までの行動から考えると、子が生まれる前に消そうとするでしょうね。ですが、劉弦さまにとってはかえって都合がいいのでは？」

「どういうことだ？」

思わず足を止めて問いかける。

白菊の赤い目が非情な光を放った。

「たとえ一時の気の迷いだとしても、人が差し出す妃に手を出してしまったあなたさまは、当初の目的のように天界へは行けなくなりました。この国を治める義務に縛られたまま。……寵愛を与えた妃が生きているうちは」

白菊の言いたいことを理解して劉弦は黙り込む。

天界へ帰るためには、翠鈴を亡き者にすればよいということだ。

人に興味のない彼らしい言葉だが、劉弦は受け入れることはできなかった。昨夜腕の中で泣いていた翠鈴の震える細い肩が脳裏に浮かんだ。

「なんでしたら、黄福律がことを起こすのを待たずとも、私が……」

「いや、それは必要ない。私は犠牲を望まない」

きっぱりと言うと彼は目を細めた。

「それはあの娘が、お世継ぎを宿したからにございますか？」

黙り込む劉弦に、白菊は畳みかける。

「この国を末長く治める覚悟をされたということにございますか？　劉弦さま」

その質問にも答えられなかった。

「……緑翠鈴に危害が加わらないようにせよ」

それだけ言ってまた歩きだすと、頭を下げて白菊は消えた。

第三章　変化

懐妊定めの儀から一夜明け、後宮の自分の部屋へ戻った翠鈴は、寝台に寝そべる蘭蘭の指圧をしている。

「ああ〜、翠鈴さま。気持ちいいですう。寝てしまいそう」

「寝なさい。蘭蘭、昨日寝なかったでしょう」

「翠鈴さまが倒れられて皇帝陛下の寝所にいらっしゃるという知らせがあったのに、寝られるわけがないですよ。ご懐妊が判明したって話も同時に伝わってきたから、どちらにしてもドキドキして眠れなかったと思いますが。それにしても、翠鈴さまはお世継ぎを宿された大切なお身体なのに、こうしていただくのは申し訳ないです！」

「いいから、いいから。これは私からの命令よ。あなたの仕事なの」

そう言うと彼女は素直に目を閉じた。

ここで生きていくしかないのなら、あれこれと思い悩んでも仕方がない。今やれることをやるしかない。とりあえず、指圧の腕が鈍らないように、翠鈴は蘭蘭を揉んでいるというわけである。

劉弦は翠鈴を翡翠の手の使い手だと断言した。はじめは信じられないと思ったが、龍神である彼が言うならばそうなのだろうと今は思う。

翠鈴には小さな頃から人の身体に触れるだけで、不調を見抜く力があった。翡翠の手の使い手は龍神だけでなく、人の役にも立つのだ。ならば、その腕を無駄にせぬようにしていたい。

気持ちよさそうに目を閉じて蘭蘭が口を開いた。

「それにしても昨夜、懐妊定めの儀から戻られたお妃さま方は大騒ぎでしたよ。なかなかお休みになられなくて、女官長さまに叱られてようやく部屋に戻られたんです」

翠鈴は昨夜の大寺院での様子を思い出す。記憶がやや曖昧だが、確かにあの場も騒然としていた。興奮冷めやらぬまま後宮に戻ったのだろう。

「だけど懐妊なんて、全然実感が湧かないわ。間違いじゃないかと思うくらいよ。自分が子を産むなんて想像したこともなかったから」

思わず翠鈴は本音を口にする。誰かに聞かれたら叱られそうな発言だが、今は蘭蘭しかいない。

「翠鈴さまはまだお若いですからね。そのように思われても仕方がないでしょう。はじめから覚悟を持って子を作る母親なんてそんなにたくさんおりません。生まれる時までにだんだんと気持ちが定まってくるものにございます……と、昔私の母が誰かに言っておりました」

わけ知り顔で蘭蘭が言う。そういえば、蘭蘭のお母さんは子だくさんだった。

「ご安心くださいませ、翠鈴さま。私は、弟や妹が生まれるのを何度も経験しております。お産に関しては大抵のことは心得ております」

「そう、頼りにしてるわ」

出産に関しては知識でしか知らない翠鈴にとってはありがたい話だった。

「ふふふ、きっと可愛いお世継ぎにございますよ。翠鈴さまはお美しいですし、私などお姿を拝見したことはありませんが、皇帝陛下もたいそう精悍でお美しい方だと聞きました」

その言葉に翠鈴は手を止めた。今朝のあの気持ちが蘇《よみがえ》り、なにやら胸がざわざわとした。

「他のお妃さま方は、それはもう騒いでおられました。目にしただけでぼうっとなってしまうほどだと……。ここにいるお妃さま方は陛下に仕える定めです。陛下は陛下だというだけで、ありがたい存在ですが、それにしても美しい方でよかったとおっしゃっておられる方もいらっしゃいました。女官長さまに、罰あたりだとこっぴどく叱られておられましたが」

蘭蘭の話を聞くうちに、劉弦の優しい眼差しと頬を包んだ大きな手の温もりを思い出す。頬が熱くなるのを感じた。

この件に関しては梓萌の言う通りだと翠鈴は思う。相手は龍神さまなのだ。妃になるといっても、人間同士でいう恋愛感情のようなものは不要なはず……。

「あ、あいたた……！　翠鈴さま、少し痛いです」

蘭蘭が声をあげる。

翠鈴はハッとして手を止めた。

「あ、ごめんなさい」

知らず知らずのうちに力を入れすぎていたようだ。ふーっと深呼吸をして心を落ち着けようとしていると。

「なにやつ！」

蘭蘭が鋭く言って起き上がり、素早く窓を開けて外へ出る。外にいたと思しき人物と揉み合いになっている。慌てて翠鈴も行ってみると、相手は年嵩の女官だった。

「は、離しなさいっ！」

女官は蘭蘭の手を振り払って一喝した。

「蘭蘭、あなたこんな乱暴なことをしてただでは済みませんよ」

蘭蘭は相手が先輩女官だと知って驚いたように手を離す。

代わりに翠鈴が、部屋の中から問いただした。

「手荒な真似をしたことは、謝ります。ですがなぜそのような場所に？　部屋を覗かれていたのでしょう？」

女官はぐっと言葉に詰まり答えなかった。

「翠鈴さま、女官長さまに報告いたしましょう。翠鈴さまは大切なお世継ぎを宿されておられるのです。なにかあってからでは取り返しがつきません」

蘭蘭が言うと、女官がギョッとした。

「わ、私はなにもそのような目的で覗いていたわけではございません。ただ……」

そこで言い淀《よど》み、迷うように視線を彷徨わせている。なにか事情がありそうだ。とりあえず翠鈴は彼女に部屋へ入るよう促した。

「それにしても蘭蘭、あなた素早いわね。まるで間者《かんじゃ》のようだったわよ」

部屋の中で女官を座らせてから、翠鈴は蘭蘭に言った。さっきの彼女の動きは、目を見張るものがあった。

「小さい頃から武術の道場に通っていて身の軽さには自信がありますから」

蘭蘭が胸を張って答えた。

女官がそんな蘭蘭を訝しむように見て口を開いた。

「いったいどうしてこんなに元気になったのです？　つい最近まであんなに青白い顔をしていたのに」

問い詰めるように言う彼女を落ち着かせて、翠鈴が事情を聞く。

彼女の名前は、洋洋《ヤンヤン》。九十九の妃、芽衣《ヤーイー》妃付きの女官だという。

洋洋は芽衣が幼い頃から世話をしていた母親代わりのようなもので、遠く離れた故郷からついてきたそうだ。

その芽衣が、最近体調が優れないのだという。顔色は悪いし食欲もない。夜もなかなか寝つけない日が続いているというのである。

「蘭蘭だってつい最近まで青い顔をしてふらふらしていたのに、ここ数日はピンピンしています。翠鈴妃さま付きになってからにございますわ。いったいなにがあったのかと、少し覗かせていただいていたのです」

本当に芽衣のことを思っているのだろう。洋洋は、心底心配そうだった。

「事情はわかったわ洋洋、それは心配ね」

翠鈴が言うと、洋洋はやや驚いたように目をパチパチさせる。まさか翠鈴が同情するとは思わなかったようだ。寵愛を受けようが懐妊しようが、翠鈴はなんといっても緑族の娘、まさか人間らしい答えをもらえると思っていなかったのだろう。だからこそ、直接相談せずに、こっそり覗いていたのだ。

まず翠鈴は蘭蘭について説明する。

「蘭蘭は睡眠と栄養が足りていなかったから、青い顔をしてたのよ。たくさん食べて、よく休んだから元気になったの」

「では芽衣妃さまも同じようにすれば……」

「それはわからないわ、洋洋。まずは芽衣妃さまを診察させていただかないと」

同じような症状でも原因が同じだとは限らない。本人を診てみないと無責任なことは言えなかった。

「診察……にございますか。ですが、直接お会いになるのは、芽衣妃さまがなんとおっしゃるか……」

洋洋はいまひとつ乗り気ではないようだ。芽衣妃が嫌がることがわかっているからだろう。

もちろん、本人にその気がないのに無理強いはできない。でも、体調不良だと聞いて、放っておくことはできなかった。

「私、故郷では診療所を開いていたの。直接診せてもらえれば、芽衣妃さまの不調の原因がわかるかもしれないわ」

「え？　診察所を？　まぁ、そうなんですか。ならば……」

診療所という言葉に、洋洋が反応する。意を決したように頷いた。

「ではよろしくお願いいたします。芽衣妃さまは私が説得いたします」

芽衣妃の部屋は、翠鈴の向かい側である。

洋洋、翠鈴、蘭蘭が行くと、まだ朝だというのに中は薄暗かった。窓が布幕に覆われているからだ。体調が悪いという話だから、寝ているのだろうか。

実際、芽衣妃は寝台の上にいた。でも眠ってはいなかった。洋洋の後ろにいる翠鈴を見て「ひっ！」と引きつった声を出した。

「ヤ、洋洋……！　なんなの？」

「芽衣妃さま、翠鈴妃さまは故郷で診療所を開かれていたそうです。一度診ていただきましょう」

洋洋が気まずそうに言う。

芽衣妃は首を横に振った。

「け、結構よ……！　勝手なことをしないで！　翠鈴妃さま、お引き取りくださいませ」

予想通りの反応だ。だがそれで引き下がるわけにはいかなかった。洋洋が言った通り、彼女は薄暗い中でもわかるほど顔色がよくない。それにこめかみのあたりがぼんやりと赤く光っていた。

「芽衣妃さま、少しの間です。怖いことはいたしません。蘭蘭、布幕を外してちょうだい」

にっこり笑って彼女に言い。蘭蘭に指示を飛ばす。蘭蘭が頷いて言う通りにした。

「ちょ……！　か、勝手に……！」

「芽衣妃さま、舌を出してくださいませ。このように、べー」

「え？　……べー」

「……あまり血行がよくないわね。月のものは順調に来ているかしら？」

翠鈴の質問に答えたのは洋洋だ。

「それが、先月は……」

「ちょっと洋洋！」

芽衣が洋洋を叱る。

「あなた勝手に……！」

「大切なことですよ、芽衣妃さま」

翠鈴は割って入り彼女を止めた。

「故郷からついてきてくれた女官なんでしょう？　あなたさまが小さい頃からそばにいるとか。そういう人の言うことには耳を傾ける方がいいわ」

芽衣は言葉に詰まり翠鈴を見た。

「寝台にうつ伏せに寝てくださいませ」

間髪入れずにそう言うと、しぶしぶといった様子で言う通りにする。

翠鈴は背中に触れていく。目で見て人の不調がわかるようになったとはいえ、念のため指でも確かめておきたかった。

「……身体的な病はなさそうね」

洋洋がホッと息を吐いた。

「よかったです」

「そうともいえないわ、洋洋。芽衣妃さま、身体を起こして座って手を出してくださいな」

翠鈴は向かい合わせに座った彼女の腕を取った。

「脈がすごく弱い。顔色が悪いのはこのせいね。病ではないのに、この症状は深刻よ。食欲もなくて眠れていないのでしょう？　以前よりも苛々《いらいら》することが増えたりしていない？　あるいはなににも興味が湧かなくなったとか……」

腕と手のひらを指で刺激しながら翠鈴が問いかけると、彼女の目に涙が浮かんだ。

やはり、と翠鈴は思う。

彼女の不調の原因は身体の病ではなく心だ。だが芽衣は唇を噛み、なにも言わなかった。

こういう患者に無理に事情を聞き出すのは逆効果だと翠鈴は知っている。とりあえず簡単にできることを伝えることにする。

「このように部屋を薄暗くされているのはおすすめできません。少なくとも朝は窓の布幕を外して日の光を浴びるようにしてください。それから日中はできるだけ身体を動かすようにして。そうすれば自然と夜は眠くなります」

翠鈴としては今すぐにでも実行できる簡単なことを助言したつもりだが、芽衣は難しい表情で首を横に振った。

「そんなことできないわ。窓の布幕を開けていたら、梓萌に叱られるもの。後宮の妃は皇帝陛下のために美しくいる義務がある、日焼けしたらどうするのかって」

「日焼けって、そんな……」

意外な答えに翠鈴が驚いていると、洋洋がさっき開けたばかりの布幕を戻した。

また薄暗くなった部屋で、芽衣が憂鬱そうに言葉を続けた。

「それに身体を動かすのも無理だわ。妃は後宮から出てはいけない決まりだもの。代わりに中庭があるけれど、あそこは貴妃の方たちが独占していて、貴人の私たちは行くと嫌がらせをされるのよ。そもそも私たちの部屋は中庭に面していないし……」

そう言われて翠鈴は改めて、貴人の妃たちの住環境を思い出す。長い廊下に並ぶ部屋は頑丈で、故郷の村より格段にいい。なにもしなくとも食事は出る。でも外に出られず、窓の布幕を自由に開けることも許されない。

籠の中の鳥のようだ。このような生活を続けていたら、あちこちに不調が出てもおかしくはない。

翠鈴はしばらく考えてから口を開いた。

「では芽衣妃さま、今から私の部屋へお越しくださいませ。私の部屋は夜以外布幕はつけておりませんから。今の時間は、日の光がさんさんと差し込んでおります。布幕を開けているのを見られても、そもそも私の部屋ですから叱られるのは私です」

　おそらく梓萌が翠鈴に布幕のことをうるさく言わなかったのは、寵愛を受けることがないみそっかすの妃だと判断したからだ。

「翠鈴妃さまのお部屋へ？　でも……」

　芽衣は気が進まないようだ。

「向かいですから、素早く行けば誰にも見られませんよ。そういえば、蘭蘭、昨日は野の兎《うさぎ》が近くまで来たって言ってたわね」

　彼女の気を引くためにそう言うと、蘭蘭が心得たとばかりに頷いた。

「珍しい鳥も来ましたよ。さっきこちらへ来る前に、朝食の残りの米粒を少しまきましたから、今頃食べに来てるかも」

「まぁ、兎が？　……珍しい鳥も来るの？」

　少し興味をそそられたように、芽衣が聞き返す。

　洋洋が助け船を出した。

「芽衣妃さま、故郷で兎を飼っていらしたじゃありませんか。思い出しますわね。少しだけ行ってみませんか？　少しなら他のお妃さま方に気づかれませんよ」

　芽衣はしばらく考えていたが、やがてこくんと頷いた。

少しだけと洋洋は言ったが、翠鈴の部屋の窓辺に腰かけた芽衣は、昼食までずっと窓の外を眺めていた。

部屋の入口で、洋洋は涙を拭きながら翠鈴にこっそり耳打ちをした。

「私どもの故郷は都から遠く離れたのどかなところにございます。芽衣妃さまは故郷では、活発な方でございました。小さい頃から走り回る姫さまを、私は追いかけてばかりでしたから……。後宮へ来たのは、お姉さまのためなのです。本当はお姉さまが、後宮入りする予定だったのですが、好きな殿方がいらっしゃったので……」

「そう、お優しい方なのね」

翠鈴は答えて、芽衣に歩み寄る。

芽衣が窓の外を見つめたまま、口を開いた。

「ここからは山が見えていいわね。私の部屋からは、建物しか見えないの」

彼女の部屋とここは向かい合わせだから、見える景色が違うのだ。

「草はぼうぼうですけどね」

翠鈴は答える。貴妃たちの部屋に面している中庭は、草花が整然と植えられて手入れが行き届いている。

でも翠鈴の部屋から見える場所は特に手入れはされておらずそのままの状態だ。

「このままの方がいい。故郷を思い出すわ。私、暇さえあればこんな野原を走り回っていたのよ。洋洋とござを広げてご飯を食べたりして……」

そう言って芽衣は笑みを浮かべた。そのことに、翠鈴はホッとする。

「誰かと一緒に食べる方が食事も美味しく感じるものです。私も蘭蘭とこの景色を眺めながら食事をするんですよ」

翠鈴がそう言うと、芽衣は驚いたようにこちらを見る。

「蘭蘭と？」

その彼女の反応に、翠鈴はしまったと思う。女官と妃が一緒に食事をとっていると梓萌に告げ口されたら蘭蘭が叱られるからだ。でも芽衣は羨ましそうに、ただ目を細めただけだった。

「いいなぁ、故郷ではみんな集まって食事をしたんだけど、ここではいつもひとりなのよね……」

「芽衣妃さまさえよろしければ、こちらの部屋で一緒にどうですか？」

思わず翠鈴は問いかけた。

彼女の不調は、故郷から遠く離れた場所で意に沿わない暮らしを強いられていることからくるものなのだろう。少しでももとの暮らしに近づけることをするべきだ。

翠鈴からの提案に芽衣は意外そうに首を傾げる。

「この部屋で？　一緒に？」

「はい、ここからは山の景色を眺めることができますし」

「山の景色を見ながら……一緒に……」

翠鈴からの提案に彼女はすぐに頷かなかった。ただ窓の外を眺めていただけだったが、その表情からは先ほどまでの嫌悪感と戸惑いの色は消えていた。

「お妃さまとはいっても、貴人の方々は都から遠く離れた領地から来た方がほとんどにございます。都での暮らしなど慣れない方がほとんどで……」

洋洋が憂鬱そうに言った。

つまりは翠鈴ほどではないにしても、野山を駆け回っていた田舎娘という者も多いのだ。それなのに、こんなところに閉じ込められて実家に帰ることも許されない……。

彼女の横顔を見つめながら翠鈴は胸を痛めていた。


その日の夜も翠鈴は皇帝の寝所に召された。

昼食の後、梓萌にそのことを伝えられ、翠鈴はなんとも言えない気持ちになった。嫌だ、というわけではない。ただ今夜また彼に会うのだと思うと、胸がざわざわと騒いで落ち着かない気持ちになったのだ。

一方で、梓萌も微妙な表情だった。彼女としては百の妃である翠鈴が、何度も寝所に呼ばれることが納得いかないのだろう。

だが、蘭蘭の見解は違っていた。

『慣例では懐妊されたお妃さまが寝所に召されることはないそうです。お世継ぎは多い方がいいですからね。別のお妃さまがご寵愛を受ける方が、言葉は悪いですが都合がいいというわけです。それなのに翠鈴さまをお召しになられるということは、陸下がそのくらい翠鈴さまを愛おしく思われている証《あかし》です。ああ、皇帝陛下はやはり立派な方です……！　翠鈴さまがよい方だと誰よりもわかっていらっしゃるんですから』

つまり梓萌は、皇帝が懐妊中の妃を寝所に呼ぶことを不思議に思っているわけだ。

でも蘭蘭の言葉の後半は、間違いであることは確かだった。

自分と劉弦の間に愛情のようなものはない。

ないのが正しい関係なのだから。

彼は龍神らしく慈悲深い心の持ち主だった。自分のせいで翠鈴が故郷の村へ帰れなくなったことを申し訳なく思っている。

妃として大切にすると言っていた。だから寝所へ呼ぶのだ。

翠鈴は一生懸命に自分の胸に言い聞かせる。なぜかはわからないけれど、そうしないといけないような気がした。

――そして。

とっぷりと日が暮れた夜の劉弦の寝所にて、翠鈴はひとり彼を待っている。普段の劉弦ならとっくの昔に執務を終えて寝所へ戻ってきている時刻だと女官は言ったが、今宵はまだだった。

ずいぶん前に『先に休んでいてよい』という伝言をもらったが、そういうわけにもいかず、寝台の上で落ち着かない気持ちで待っているというわけである。

「皇帝陛下、おなりにございます」

部屋の外から声がして、翠鈴は慌てて背筋を伸ばす。このような場面でどのように振る舞うべきかわからなかった。

皇帝の待つ寝所へ妃が入室した際の作法は、梓萌から聞いた。が、逆の場合は聞いていないからだ。とりあえず翠鈴は、床へ降りて頭を下げて彼を待つ。

開いた扉から入ってきた劉弦が眉を寄せた。

「冷たい床に膝をつくな。身体が冷えるではないか。そのようなことをせずともよい。早く寝台へ」

顔を上げて言われた通りに寝台へ上ると、同じように彼も寝台の翠鈴の隣に腰かける。翠鈴の頬へ手をあてて覗き込むように見た。

「体調はどうだ？　人は懐妊すると気分が優れない日々が続くと聞いた」

心配そうに自分を見る瞳に、翠鈴の胸がどきんと跳ねる。鼓動が自分の意思とは関係なしに走りだす。朝とまったく同じ反応だ。ほんの少し優しくされて触れられる。それだけでどうしてこんなにも、反応してしまうのだろう？

自分の身体の変化を不思議に思いながら、翠鈴は口を開く。

「大丈夫です……。確かに懐妊中は体調が優れなくなるという話を聞きますが、懐妊してから大体三月あたりが多いそうです。ですから私はまだ……」

「ならいいが」

とてもじゃないが、自分を見つめる彼の目をまともに見ることができなくて目を逸らす。と、彼の右肩にぼんやりと光が見えた。

「陛下も遅くまで執務お疲れさまです」

その光にそっと手をかざすと、光は消える。

劉弦がふっと笑った。

「名前で呼べと言っただろう。そなたと私は夫婦なのだから。私もこれからは翠鈴と名前で呼ぶ」

「は、はい。劉弦さま」

戸惑いつつ、翠鈴は答える。

なんだかふわふわと雲の上を漂っているような変な感じがした。子をなした間柄なのだから名前で呼び合うくらいは普通なのだろう。でも彼に呼ばれるとなんの変哲もない自分の名前が、なにか特別なもののように感じるから不思議だった。

「確かに今日は遅くなった。だが疲れてはいない。翠鈴のおかげで、体調がいい」

劉弦が優しい目で翠鈴を見た。

翠鈴はさっき自分がしたことを思い出した。

「翡翠の手……」

呟くと劉弦は頷いた。

「その手で癒やしてもらったからだろう。だがそもそも翠鈴がただそばにいるだけで私は心地よい。今までの不調が嘘のようだ。嫌でなければ、腕に抱かせてほしい」

そう言って彼は腕を広げる。また心の臓が大きな音を立てるのを感じて、翠鈴はすぐには答えられなかった。嫌だなどとは思わない。

でも一昨日のように我を失った状態でも、昨夜のように取り乱した状態でもなく、彼の腕に抱かれるのだと思うと、はいそうですかというわけにはいかなかった。

そんなことができるほど、翠鈴は男性に慣れていない。そもそも施術以外で男性の身体に触れること自体がほとんどはじめてだったというのに……。

「い、嫌では……でも」

自分から男性の腕の中へ抱かれに行くということに躊躇《ちゅうちょ》する翠鈴に、劉弦が安心させるように言う。

「今夜はなにもしない。ただ一緒に眠るだけだ。翠鈴をここへ呼ぶことに反対した家臣たちに、無理はさせないと約束した」

「そっ、そのようなことを心配しているわけでは……！」

思いがけない言葉に翠鈴は声をあげる。頭から湯気が出るような心地がした。

あわあわ言う翠鈴に、劉弦がふっと笑った。

「そうか？」

その眼差しに、翠鈴の鼓動がまた速くなっていく。このままでは心の臓が破れてしまいそうだ。これよりも近くに彼を感じたらどうにかなってしまうと思うが、もちろん拒むことはできなかった。

そろりそろりと近づくと、ふわりと漂う高貴な香り。それをなぜか甘やかに感じた時、たくましい腕に包まれた。

膝の上に抱いた劉弦が大きな手で頬を包む。すぐ近くで翠鈴を見つめた。

「今日一日、健やかに過ごせたか？」

「はい」

「なにか不足があればすぐに言え。整えさせる」

「なにも、私はよくしていただいていますから……」

これ以上ないくらいの胸の高鳴りを感じながら翠鈴は答える。息苦しささえ覚えるくらいだった。

「そうか、ならいいが。後宮では昼間はなにをして過ごすのだ?」

「と、特にはなにも……他のお妃さまとお話をしたり……」

とそこで、昼間の出来事が頭に浮かび、翠鈴は口を噤《つぐ》む。少し考えてから口を開いた。

「あの……劉弦さま、お願いしたいことがあるのですが」

劉弦がわずかに首を傾げて続きを促した。

「後宮でのお妃さま方……。貴人の方々の日々のことについてでございます。貴人の皆さまのお部屋は中庭へ面しておらず日あたりがよくないのです。それなのに窓の布幕を開けることも許されないようで……。あれでは、日の光を浴びることも身体を動かすこともままなりません。心が病になってしまいます。一日に、二回……朝と夕に宮廷の広いお庭を散歩するお許しをいただくことはできませんか?」

翠鈴が知らないだけで、芽衣のように気鬱の病に罹《かか》りかけている者は他にもいるはずだ。これから彼女たちが長く後宮で生活するならば、どうにかしなくてはと思う。

翠鈴の願いに、劉弦は驚いたように目を見開いてすぐには答えなかった。

その反応に、翠鈴は不安になる。

妃が後宮の外へ出るというのは、やはり許されないことなのだろうか……?

「あの……やっぱり、無理ですよね。変なことを言って申し訳ありませ……」

そこで。

劉弦が突然噴き出した。そのままくっくっと肩を揺らして笑っている。

意外な彼の反応に、翠鈴は首を傾げた。

「あの……。劉弦さま……？」

「願いと言うから、己のことかと思ったが、皆のための願いなのか」

「え？」

「いや、なんでもない。……確かに翠鈴の言う通りだ。日の光は、人には欠かせないもの。許可するように話をしておく」

なぜ笑っているのかは不明だが、とりあえず聞き入れられたことにホッとして、翠鈴は笑みを浮かべた。

「ありがとうございます！」

「いや。私もこれからはきちんと後宮にも目を配ることにしよう。今までは故あって、なおざりになっていたが……」

そこで彼は、真剣な表情になった。

「翡翠の手の使い手の件だが。しばらくは私とそなたの間だけの話としておきたい。その時がくるまではこの件は内密に」

一の妃の華夢は翡翠の手の持ち主だというだけでなく、有力家臣の娘でもある。宰相と皇帝が娘を介して結びつけば国は安泰だと民は安心していた部分がある。それがいきなり、国の端で育った村娘が翡翠の手の使い手だとなれば、混乱し不安になるだろう。

「わかりました」

頷くと、彼は微笑んで大きな手で翠鈴の頭を撫でる。心地いい温もりに翠鈴の胸がまたとくんと鳴った。

「さあ、今夜はもう休もう」

そう言って彼は翠鈴を布団の中へ促した。自身も隣に入りそのまま翠鈴を抱きしめて、気持ちよさそうに目を閉じた。

男性とひとつの寝台でこんな体勢で寝るなんてあり得ない、と翠鈴は思う。でも頬に感じる温もりに心から安心して、だんだん眠たくなってくるから不思議だった。

目を閉じたまま、劉弦が言う。

「明日からも私は執務で遅くなる。そなたは必ず先に休むように。私は翠鈴が隣にいるだけで心地よい」

ということは、明日からも彼は毎日翠鈴を呼ぶつもりなのだ。

——私が翡翠の手の使い手で、劉弦さまの体調のために必要だから？

だとしても、嬉しかった。

彼のためにできることがあるならば、なんでもしたい。自然とそう思うのは、国を治める皇帝に対する尊敬と感謝の思いからくるものだろう。

でもそれ以上のなにかもあるような……。

それがいったいなんなのか、目を閉じたまま、翠鈴は自分の中に答えを探そうとする。けれど心地のいい眠気に襲われて無理だった。

——また、明日考えよう。

自分を包む温もりに頬ずりをして、翠鈴は眠りに落ちていった。


「翠鈴、あそこ！　花がたくさん咲いてるわ！　少しいただいて、部屋に飾ろうかしら？」

翠鈴の前を軽い足取りで芽衣が行く。笑みを浮かべながら、翠鈴は彼女に続いて歩いている。芽衣の他にも、たくさんの妃たちが思い思いに花を摘んだり、空を見上げたりしながら歩いていた。

劉弦に許しを得て、妃が朝夕、散歩ができるようになってから十日あまりが経った。

翠鈴が劉弦に願い出て実現した散歩の権利はすべての妃が利用できるものだったが、初日に参加したのは芽衣だけだった。はじめは皆、そんなことをして本当にお咎めがないのか測りかねていたからだ。

一方で、もともと活発だった芽衣は二日もすれば、すっかり元気になった。翠鈴の部屋で一緒に食事をするようにもなって、毎日、蘭蘭とお菜の取り合いをしている。

今や翠鈴と芽衣は、「芽衣」「翠鈴」と呼び合う仲である。

そしてそんな彼女と翠鈴の様子が他の貴人たちの興味を誘い、散歩の参加者はひとりふたりと増えていったのである。天気のいい今日は、ほとんどの貴人たちが参加している。

もともと自然の中で育った者が多いせいか、日の光を浴びて自然の風に吹かれるだけで気持ちが晴れるようだ。きゃあきゃあと話しながら楽しそうに歩いている。

「それにしても、しばらく動いていなかったから少し歩くだけでも息が切れてしまうわ」

「本当、実家にいた頃は一日中山菜採りをしてもへっちゃらだったのに」

「私もよ。馬で草原を駆け回っていたくらいなんだから」

いつのまにか翠鈴のところへやってきた芽衣が囁いた。

「皆さま、お高くとまっているお嬢さまだと思っていたけど、こうやって話を聞いてると私と変わらないお転婆ばっかりだったのね」

その言葉に翠鈴はふふふと笑って頷いた。

後宮という籠に閉じ込められて、美と皇帝の寵愛を競わされている中では本当の自分など出せなかったのだろう。でも蓋《ふた》を開けてみれば、皆同じ普通の娘だったというわけだ。互いに互いの話をして、すっかり仲良しになっている。

翠鈴とはまだ距離はあるけれど……。

と、そこで妃たちから歓声があがる。どうやら、砂糖菓子を持ってきた者がいたようだ。皆にひとつずつ配っている。

「ありがとう！」

「甘いわ。美味しい」

「ふふふ、だけど食べながら歩くなんて、梓萌に見つかったら叱られるわね」

「あら、帰るまでにはなくなるから大丈夫よ」

貴妃と違い彼女たちは、梓萌に厳しく監視されている。妃としての振る舞いから外れることをすれば容赦《ようしゃ》なく叱られる。だから散歩の時くらいは羽目を外そうというのだろう。こうしていると本当に普通の娘たちだ。

砂糖菓子を配っていた妃が翠鈴の近くにやってきて、遠慮がちにひと粒翠鈴に差し出した。

「翠鈴妃さま。その……もしよろしければ、おひとついかがですか？」

少し気まずそうに、彼女は言う。

翠鈴は驚いて聞き返した。

「いいのですか？」

「もちろんです！」

彼女は頬を染める。

「私……その……翠鈴妃さまにお礼を申し上げたかったんです。そのために持ってきたんです。散歩の許可を皇帝陛下に願い出てくださって、ありがとうございました。こんな小さなもの、お礼にはなりませんけれど」

「そんなことは……。すごく嬉しいです。ありがとうございます」

そう言って受け取り、口に入れると優しい甘さが口いっぱいに広がった。

「美味しい……」

七江にもお菓子はあったがこんなにまろやかな優しい甘さのものははじめて食べる。

「私の故郷の特産品ですの。砂糖の原料のキビがたくさん採れるんですよ。それだけじゃなくて、一面のきび畑はそれはそれは美しくて！　翠鈴妃さまにお見せしたいわ」

生まれ故郷のことを誇らしげに語る彼女の目は輝いていた。

部族長の娘といっても、地方では都の貴族のようにのんびり暮らしていられない。民と一緒になって田畑を耕したり、特産品の製法を習ったりする。領地を治めるためにはそれが必要だからだ。

砂糖菓子の話を皮切りに皆口々に、自身の出身地についての話をしだした。

「私の故郷では、香辛料を利かせた料理が美味しいんですよ。ぜひ一度翠鈴妃さまにお召し上がりいただきたいわ」

別の妃が得意そうに言うと、隣の妃が声をあげる。

「あらでも、辛いものをお食べになったらお腹のお世継ぎがびっくりされるかもしれないわ」

「それが辛くないようにもできるのよ。それに身体が温まるから、懐妊中は特に食べるといいって言われてるの！」

皆、故郷が懐かしいのだ。翠鈴も同じ気持ちだった。豪華な暮らしはできなくとも故郷は故郷というだけで特別な場所なのだ。帰ることができないなら、せめてこうやって話をしていたいのだ。

「嬉しい、ぜひご馳走になりたいです。私、少しくらい辛くても大丈夫ですよ」

翠鈴は心から言う。妃が嬉しそうに微笑んだ。

「きっとですよ、翠鈴妃さま」


「ここのところ、体調がよろしいようですね」

宮廷内の外廊下を玉座の間に向かって歩いていた劉弦は、白菊に声をかけられて足を止めた。

「あの娘とお過ごしになられているからでしょう。眉唾物《まゆつばもの》だと思っておりました宿命の妃が、本当に存在するとは驚きです」

劉弦は無言で頷いた。翠鈴と夜を過ごすようになってから十日あまりが経った。

これまでの不調は嘘のように消え去った。今まで手をつけられず家臣に任せきりになっていた執務を精力的にこなしている。

寝所へ帰る時間は遅くなり、翠鈴が寝た後だが、それでも彼女がそばにいるだけで信じられないくらいに調子がいい。

「天界へは行かず、この国を末長く治めることを、決意されたということですね？」

白菊が確認するように問いかける。

劉弦が口を開きかけた時。

視線の先に広がる広大な庭の向こうから、きゃあきゃあと楽しそうな声が近づいてくる。後宮にいるはずの妃たちだ。

翠鈴が願い出て実現した毎日の散歩をしているのだろう。

彼女たちは、まだ劉弦の存在には気づいておらず、野の花を摘んだり、ひらひら舞う蝶を追いかけたり。中には追いかけ合いをしている者もいる。

その中には翠鈴もいた。隣の妃と話をしながらゆっくりとした足取りで歩いている。

皇帝がいることを知らせようとする従者を制し、劉弦は目を細めて、彼女たちを眺める。

妃の集まりなど、以前の自分なら目を背けていた。が、今は心穏やかだった。

「皇帝陛下？」

誰かが呟き、皆が一斉にこちらを見る。

慌てて跪こうとするのを、劉弦は止めた。

「よい、そのまま散歩を続けよ」

彼女たちにとっては一日に二回だけの出歩ける時間なのだ。堅苦しい思いをさせたくはない。

すると彼女たちは、驚いたように顔を見合わせ、戸惑いながらも頷いた。

劉弦が立ち去ろうとすると、ひとりの妃が、意を決したように近づいてきた。

「陛下、お伝えしたきことがございます」

唐突な彼女の行動に、劉弦のそばに控えている従者が警戒した。

劉弦も一瞬身構えた。

翠鈴が懐妊する前は、寵愛を争って彼女たちはあの手この手で劉弦に近づこうとした。だが、自分を見つめるその妃の目は澄んでいる。

「よい」

劉弦は従者を制し、彼女に続きを促した。

「申してみよ」

「ありがとうございます！　あの……昨年、陛下は、北斗《ほくと》地方の干ばつを防いでくださいました。そのお礼を申し上げたかったのです。おかげで民は飢えずに済み、また田畑を耕すことができております。陛下にお会いできたらどうしてもこれをお伝えしたいと思っておりましたのに、いつかの夜は緊張して言いそびれてしまって……」

するとそれを耳にした他の妃たちも集まってきた。

「私の故郷の一昨年の水害もあと少しのところで水の流れを変えてくださいました。ありがとうございます」

「陛下のご加護で故郷の民は平穏に暮らせております」

争うように感謝の言葉を口にする。

彼女たちの目を見つめながら、劉弦は胸が晴れ渡るような心地がする。これが、本来の人の姿なのだ。

人間は、邪な心を持つのも確かだが、他者を思う純粋な心も併せ持つものなのだ。そして初代皇帝は、この心に応えるために地上に降りた。その彼の気持ちを今、本当の意味で理解する。

後宮からカーンカーンと鐘が鳴る。昼食の合図だ。

「皆さま、そろそろ参りましょう。陛下、時間ですので失礼いたします」

付き添いの女官が言い、劉弦が頷くと、彼女たちは頭を下げて歩いていく。

「もうこんな時間なの、あっという間だったわね」

「早く帰らないと、梓萌に叱られるわ」

「ふふふ、皆で叱られれば怖くないわよ」

「あーお腹空いた」

くすくす笑いながら、去っていく。

振り返る翠鈴と目が合った。

本当に不思議な娘だと劉弦は思う。彼女は、劉弦だけでなく他の人の心まで綺麗にするようだ。

──彼女がそばにいれば、この国を末長く治めることができるだろう。しかも自分はそれを強く望んでいるのだ。

人の心に惹かれて人と在ることを決断した初代皇帝の思いが手に取るようにわかるのだから。

去っていった妃たちの向こう側、青い空のもとに広がる五宝塞の町を見つめて劉弦は口を開いた。

「白菊、私は天界へは行かない。この国を守り、末長く治めることにする」

言い切ると、白菊がやれやれというようにため息をついた。

「やはりあの娘……いや、これからは翠鈴妃さまと呼ぶべきでしょう。翠鈴妃さまは、ただものではありませんでしたね」

ただものではないという言葉に劉弦は問いかける。

「……白菊、そなたは翠鈴が翡翠の手の使い手だとははじめから気がついていたのか？なぜ言わなかった？」

「あるいはと思っていただけです。あの娘、故郷の村では診療所を営んでおりまして、後宮へ入ってからも病になる寸前だった女官の世話をしておりました。妃たちの散歩の件も、向かいの部屋の妃が青い顔をしていたのを見かねてのことのようですよ。自分も囚《とら》われの身同然だというのに人の不調ばかり気になるのは、翡翠の手を持つ者の性《さが》でしょう」

——翡翠の手を持つ者の性。

本当にそれだけだろうか、と劉弦は訝しむ。

診療所も女官の件もはじめて聞く話だが、妙にしっくりくる。そして彼女のそういった部分に、劉弦の中のなにかが強く引きつけられるのを感じている。彼女を思い浮かべるだけで胸のあたりが温かくなるのだ。

「まぁ、翡翠の手の使い手は、龍神の宿命の妃といいますから、あなたさまには必要な娘だったということでしょう。こうなるのは決まっていたということです」

確かにその通りだ。劉弦にとって彼女が必要不可欠なのは間違いない。

昼間、どのように澱んだ空気の中で執務をこなしても、寝所にて彼女のそばにいれば本来の自分を取り戻すことができる。それにより国を滞りなく治めることができている。

――だがそれだけではない。

例えば彼女が、翡翠の手の持ち主でなかったとしても、劉弦は彼女をそばに置き、あの目を見つめていたいと強く思う。

――この気持ちは……。

人と龍神である自分の間に本来は存在するはずのない、生まれるはずのない感情だ。だが確かに今、自分の心を支配している。

「彼女がこの地に存在する限り、私は地上にとどまり、国を治めることにする。白菊、私の目が届かない間は翠鈴を守るよう」

「御意にございます。……後宮の妃たちの部屋替えの件ですが、どうやら貴妃の父親たちがぐずぐずと理由をつけて引き延ばしているようです。十日あまりが経った今もまだ、完了しておりません。急がせましょう」

「ああ、頼む」

頷いて劉弦は歩きだした。

後宮にて、妃たちの部屋替えが言い渡されたのは、朝、宮廷にて劉弦に会った日の午後のことだった。

すべての妃が中庭へ集められて、新しい部屋割りを言い渡される。翠鈴は、華夢の向かいの二の妃の部屋へ引っ越し、あとはひとつずつずれるようにという話だった。

その内容に貴妃の妃たちは騒然となった。

「華夢さまの向かいのお部屋に、緑族の娘が入るなんて！」

「懐妊したとはいえ、田舎育ち丸出しのあの娘が？」

「ねえ、本当に疑問だわ。いったい陛下はあの娘のなにが気に入ったのかしら？　今だってろくに着飾りもしないで変な服着てるのに」

一方で、貴人の妃たちと芽衣は、やや寂しそうに翠鈴を見ている。

「翠鈴妃は、皇帝陛下の一番のご寵姫さまなんだもの。当然だわ。でも部屋が遠くになってしまうのが少し寂しい。もう一緒にご飯を食べることはできなくなるかしら……」

芽衣の問いかけに、翠鈴は首を横に振った。

「これまで通り遊びに来て。……でも私、本当は引っ越しなんてしたくない」

せっかく慣れた部屋から移るのは嫌だった。思わず本音が口から出てしまう。

芽衣が首を横に振った。

「それはダメよ翠鈴、陛下は翠鈴をそばに置いておきたいとお思いなのよ。そのお気持ちにお応えしなくては。それに、あのお部屋を私に譲ってよ。翠鈴のお部屋から見える景色が私大好きなんだもの。毎日見られるようになるなんて嬉しいわ」

翠鈴のためにわざと明るく言ってくれているのだ。

それを聞いた他の妃たちも堰《せき》を切ったように口を開いた。

「散歩には参加されますわよね？」

「まだお料理をご馳走させていただいていないわ」

翠鈴は彼女たちに向かって約束する。

「もちろん、散歩は参加します。それからお料理も楽しみにしています」

一方で貴妃たちは、眉を寄せて嫌そうしている。数人が、中庭の中心にある長椅子に座り事態を見守っている華夢のところへ行ってヒソヒソとなにやら耳打ちをした。

華夢が頷いて、艶のある桜色の唇を開いた。

「陛下のご寵愛を受けられた翠鈴妃さまがお部屋を移られるのは当然です。なれどこの辺りに、貴人の方々が気安く来られるのは差し障りがありますわ。お控えくださいませ。翠鈴妃さまはご寵姫さまなのですから、お付き合いになる相手をお選びになるべきです」

華夢の言葉に、貴妃たちが当然だというように頷いて、貴人たちは残念そうな表情になる。この後宮で華夢の言うことは絶対だ。

それに翠鈴は反論した。

「妃同士のお部屋の行き来は自由なはずです」

余計な揉め事は避けたいが、黙っていられない。せっかくできた彼女たちとのよい関係をここで断ち切るなんて嫌だった。

今回の部屋替えでも、華夢は一の妃の部屋のまま。ということは、華夢が皇后候補であることには変わりない。後宮で彼女の意向に逆らうことは危険だとわかっている。指輪で手を刺された時のことが頭を掠めるが、口は止まらなかった。

「私は、どなたと一緒にいるかは、自分で決めます」

いくら彼女が皇后候補でも、誰と一緒にいるかまで口出しされる筋合いはない。

華夢が首を傾げて立ち上がった。その場が、緊迫した空気になる。皆黙り込み息を呑んで、翠鈴と華夢を見ている。

「後宮の秩序を守るのも妃の役目ですわ、翠鈴妃さま。陛下のご寵愛が深くともそれは変わりません。好き勝手はよろしくなくてよ」

もっともらしく華夢は言う。貴妃たちが、そうだというように頷いた。

言葉だけをなぞればそうだろう。寵愛の如何《いかん》にかかわらず決まりは守るべきだ。でも寵愛を受けたからといって貴人の妃たちと仲良くできないというのは納得できなかった。彼女は、翠鈴と皆を引き離し、翠鈴を孤立させようとしているのだろうか。

「私は決まりに背くつもりはありません。でも妃同士、交流することのなにが問題なのですか？　私は私の好きな方とお付き合いいたします。それについて、お咎めがあるというならば、部屋替えは結構です！」

華夢を睨んでそう言うと、彼女は目を細めて、再び唇を開きかける。

その時。

「それはならん」

中庭によく通る低い声が響く。

渡り廊下へ続く赤い扉の前に、劉弦が立っていた。純金の糸で刺繍が施された黒い衣装を身につけている。正装姿ということは、執務からそのまま来たのだろう。

その場にいる者は皆、目を剥いて息を呑んだ。彼が後宮へ来るのがはじめてのことだからだ。後宮が開かれてから翠鈴が来るまで一貫して妃を拒み続けてきた彼は、後宮という場を遠ざけていた。

「部屋替えは私の指示だ」

言いながら、黒い石の床の上を靴音を鳴らして中庭の中央へやってくる。皆が跪く中、翠鈴のすぐそばに立ち腰に腕を回した。

「なるべくそなたをそばに置きたいのだ。わがままは許さぬ」

よく通る声でそう言った後、耳に唇を寄せて翠鈴にだけ聞こえるように囁いた。

「部屋替えが発表されたら、このようなことになるのは予想していた。はじめからいるつもりであったが執務が立て込み遅くなった。すまない」

「劉弦さま、そんな……」

「部屋替えは受け入れてくれ。今後無事に世継ぎが生まれるまで、翠鈴を狙う者がいないとも限らない。なるべく目の届くところへいてほしい」

つまりは世継ぎを宿した翠鈴になにもないように、目の届くところへ置いておきたいということだ。

皆の手前、寵愛が深くそばに置きたいということにしておけば自然だ。

「……わかりました」

胸がちくりと痛むのを感じながら、翠鈴は頷いた。

彼は翠鈴自身に愛情を感じているわけではなく、世継ぎを宿した翠鈴の身体が大切なのだ。そんなことはあたりまえで考えるまでもないことなのに、どうしてこんな気持ちになるのだろう?

劉弦がまた皆に聞こえる声を出した。

「妃同士、揉め事もなく仲良くしてくれていることを私は嬉しく思う。ここにいる者は皆、誰と親しくしようが問題はない」

そして貴人たちがいる辺りに視線を送り付け加えた。

「部屋替えにより、困ることがあれば女官長に言うように。すぐに対処させる。それから窓の布幕を開けることを禁じられているそうだな。日の光は人にとってなくてはならないもの。その決まりは今この時をもって解く。自由に開けてよい」

彼は以前、翠鈴が散歩の話を願い出た時に、これからは後宮のことにも心を配ると言っていた。その言葉を実行しているのだ。

貴人の妃たちが互いに顔を見合わせて微笑んだ。一方で、翠鈴と貴人の妃たちの交流を容認した劉弦に、貴妃たちが悔しそうに唇を噛む。

華夢だけが、そんな様子は微塵も見せずに優雅に微笑んだ。

「ありがとうございます、陛下。後宮のことにも心を砕いてくださること、とても嬉しく思います。本日は顔色もよろしいようで安心いたしました。ですが念のため、診察いたしましょう。よろしければ私の部屋へ」

後半は、翡翠の手の使い手としての言葉だった。

「いや、その必要はない」

劉弦は断るが、彼女は引き下がらない。

「なれど、陛下に万が一のことがありましたら、皆不安になります。国のためと思い御身を大事に……」

そう言われて、劉弦はふたりのやり取りを見守る妃たちを見回す。劉弦の健康は国中の民の関心事だった。

彼は仕方がないというように、ため息をついて頷いた。

「……わかった。皆解散するように」

言い残して、一の妃の部屋へ向かって歩いていく。華夢が後に続いた。

貴妃たちが、ヒソヒソと話しだした。

「お似合いね。やっぱり陛下の隣は華夢妃さまでなくちゃ」

「陛下の体調は、華夢妃さまのお力で整っているのよ。夜の相手しかできないどこかの妃とは大違い」

翠鈴の胸がまたちくりと痛んだ。

なぜか、劉弦が彼女と並んでいるのを見たくなかった。今この時を同じ部屋でふたりで過ごしているのだと思うだけで、胸の中が灰色の雲でいっぱいになるようだ。

ここにいるのは皆、彼の妃。

今夜、別の誰かが彼の寝所に召されても全然おかしくないのだ。

そんなことわかっていたはずなのに。

——どうしてこんな気持ちになるの？

静かに閉まる一の妃の部屋の扉を見つめながら、翠鈴は胸のもやもやの正体を探していた。


翠鈴の懐妊を祝う宴が行われると知らせを受けたのは、部屋替えから三日目の朝だった。日時はその日の夕刻、宮廷の大広間で宮廷のすべての家臣と妃が出席するという盛大なものだ。

「皆さま大広間にてお待ちにございます。早くなさいませ翠鈴妃さま」

日が傾き、辺りが暗くなりはじめた宮廷の外回廊。翠鈴は、まるで罪人を引っ立てるかのように急かす従者の後について、大広間を目指して歩いている。不安で胸がいっぱいだった。

宴の会場に向かっているというのに、相応しい装いをできていないからである。

「でも、私、準備が整っておりません……。陛下か白菊さまにお取次願えませんか？このようなりでは……」

翠鈴は、もう何度目かになる言葉を口にする。が、従者は聞き入れなかった。

「陛下はすでに大広間にてお待ちです。私は急ぎ翠鈴妃さまを大広間へご案内するようにと言われただけにございますゆえ」

にべもなく言って、彼は足早に前を行く。

今夜の宴で翠鈴が身につける衣装は、劉弦から届けられると聞いていた。翠鈴と蘭蘭はそれを待っていたのに、届かなかったのだ。

はじめて召された夜、衣装をダメにされてしまったことが頭に浮かび、梓萌に問い合わせるため蘭蘭を使いに出している間に、この従者が迎えに来たのである。

いつもの作務衣姿の翠鈴を見ても不思議そうにするわけでもなく、有無を言わせず大広間へ連れていこうとする彼に、翠鈴はもしやと思う。

衣装が届かなかったのも、それを訴える機会を与えられないのも、おそらく誰かの差し金だろう。なにせ、前例がある。

でも前回と違うのは、今回は国中の主だった家臣が集まる重要な場だということだ。しかも翠鈴の懐妊を祝う宴で、皆が翠鈴に注目しているのだ。このような格好のまま大広間へ行けば、自分だけでなく劉弦にまで恥をかかせることになるだろう。

「あの、やっぱり私、気分が優れないので一度部屋へ戻ります」

かくなる上は、少し強引な手段を使ってでも大広間へ行くことを回避しなくてはと翠鈴は思う。懐妊中の身体の不調を訴えればなんとかなると思ったのだ。嘘はよくないのは承知だが、背に腹は代えられない。

「なりません」

従者が足を止めて振り返った。

「すでに皆さまお待ちなのです。翠鈴さまをお連れできなかったら、私の首が飛びます。さあ着きました。この扉の向こうが大広間にございます」

この強引さはやはり異常だった。翠鈴をよく思わない何者かによって仕組まれたことなのだろう。でも首が飛ぶ、とまで言われては、振り切ることはできなかった。

こくりと喉を鳴らして、大きな扉を見上げる。ゆっくりと開くと同時に従者が声を張り上げた。

「翠鈴妃さま、おなりにございます！」

扉が完全に開くと同時にざわざわとしていた大広間が、水を打ったように静まり返った。

大広間は、豪華絢爛な壁画と高い天井が目を引く広い空間だった。繊細な飾りの灯籠がいくつも下がり、昼間かと見まごう明るさだ。たくさんの馳走が並べられている。

扉から一番遠いところに設けられた玉座に、深い緑色の正装姿の劉弦が座っている。銀髪を後ろでひとつにまとめて肩から流していた。他の者たちも皆、この場に相応しい装いだった。

そんな彼らが注目する中、翠鈴は、劉弦の隣に用意された自分の席を目指す。身の置きどころがないような気分だった。

案の定、貴妃たちからはくすくすと笑い声が聞こえている。家臣たちは眉をひそめて、なにやら囁き合っていた。

唯一の救いは、劉弦の表情が普段と特に変わらないことだろうか。とはいえ、彼は皇帝で、他の者とは心構えが違うのだ。たとえ不快に思っていても表に出さないだけかもしれないが。

翠鈴が着席すると、家臣のひとりが立ち上がった。

「皆さま、おそろいになられました。これより、翠鈴妃さまご懐妊の宴をはじめます。……ですが、その前に」

彼は、翠鈴に視線を送った。

「翠鈴妃さま、そのお衣装はいかがなされました？　陛下より今宵のお衣装は用意されていたはずですが」

首を傾げて問いかける。痛いところを的確に指摘されて、翠鈴は真っ赤になった。

「それが、届かなかったのです。代わりの衣装を準備することもできなくて……」

「黄福律。大事ない。衣装などなんでもよい」

玉座から劉弦が口を挟む。だが黄福律と呼ばれた家臣は引かなかった。

「なりません、陛下。この宴は私的なものではございません。国をあげてのものなのです。そのような大事な場に正装して出席いただくのは、陛下の妃としての最低限の務めにございます」

そして侮蔑の目を翠鈴に向ける。妃失格と言わんばかりの言葉に、翠鈴の胸はひやりとした。

「ならば宴など、不用。もともと私はそう申したではないか。妃の衣装に口出しするな」

劉弦が不機嫌に言い返し、両者の間に緊張が走る。

皆固唾《かたず》を呑んで、事態を見守った。

その張り詰めた空気を破ったのは華夢だった。

「なれど、陛下、そういうわけには参りませんわ」

妃の中で一番皇帝に近いところにいて、薄い桃色のひらひらした衣装を身につけている。今宵も匂い立つような美しさだ。扇で口もとを隠して眉を寄せ、不安げな表情を浮かべていた。

「陛下からの賜《たまわ》りものがきちんと届かないなんて、本来ならあり得ないことですもの。一の妃としては見過ごせません。後宮の秩序に関わりますから。翠鈴妃さまの女官は以前にも翠鈴妃さまが白菊さまから賜ったお衣装をダメにしたことがありました。その者をよく取り調べてみなくては」

「にょ、女官がやったことではありません。彼女に責任はありません」

翠鈴は思わず口を挟んだ。万が一にでも蘭蘭が咎められることになってはいけない。

「あら、そのようなこと、どうして言い切れるのでしょう？　同じことが続いているというのに」

華夢が眉を寄せると、それに同調するように頷いて、黄福律が声を張り上げた。

「そもそも、女官の不始末はその女官を管理する妃の不始末。そのあたりの理《ことわり》を、翠鈴妃さまはまだ理解されておられないようですな。こちらに来られて、日が浅いとはいえ、陛下の寵愛を受けるならばご自覚くださらないと」

翠鈴に、というよりは見守る家臣と妃たちに向かって言う。家臣たちは納得だというように頷き、貴妃たちはヒソヒソと囁き合う。

どこか得意そうに翠鈴を見る華夢妃に、やはりこの件は仕組まれたことなのだと翠鈴は確信する。でもなんの証拠もない状況で言い返すことはできなかった。

唇を噛み黙り込む。そこで。

「衣装は、届けなかったのだ」

劉弦が立ち上がった。

「え？　へ、陛下……？　しかし、翠鈴妃さまには手持ちのお衣装がないゆえ、手配するようにと陛下が……」

「気が変わったのだ。そなたたちの預かり知らぬところでやめさせた」

言いながら翠鈴のところへやってきて、翠鈴を抱き上げた。

「つっ……！」

唐突な彼の行動に、翠鈴は目を白黒させて彼の首に腕を回す。彼は事態を見守る聴衆に向かって言った。

「彼女の美しく着飾った姿を皆に見せるのが惜しくなったのだ。罰せられるは私の彼女を愛おしく思う心」

そう言って、これ以上ないくらいに優雅に微笑んだ。皆その笑顔に魅了され、微動だにできなくなる。

彼らを一瞥《いちべつ》して劉弦が歩きだし、皇帝専用の扉の前まで来たところで、ようやく黄福律が口を開いた。

「へ、陛下……！　どちらへ……？」

「彼女がこの場に相応しくないというならば、やはり誰にも見せず私の部屋へ隠しておくことにする。私はすぐに戻るゆえ、宴は続けているように」

言い残して、大広間を出る。そこは皇帝の控えの間だった。中央の長椅子に下ろされてようやく翠鈴は口がきけるようになる。

「このような格好のまま来てしまい、申し訳ありませんでした。私……」

「よい。このようなことになるのは予想できたのに、対処しなかった私の落ち度だ。

不快な思いをさせたな、申し訳なかった」

そこで言葉を切って、劉弦は翠鈴を見つめた。

「それに、その格好を恥じることなどない。そなたらしくて私は好きだ」

「劉弦さま……」

「故郷では診療所を開いていたのだろう？　ならばそれが翠鈴の正装だ」

翠鈴は心の臓が止まりそうなほど驚いて同時に温かい気持ちになる。誰かに陥れられたとはいえ、宴に相応しくない格好で現れたことは、咎められてもおかしくはない。こんな風に言ってもらえるとは思ってもみなかった。

劉弦が身を屈めて、声を落とした。

「だが、厄介事に巻き込みたくないゆえ、あの場から連れ出した。許せ」

「そんな……ありがとうございました」

「怖がらせるつもりはないが、先ほどの男には気をつけるように」

先ほどの男とは、翠鈴を糾弾していた黄福律と呼ばれていた人物だろう。

「宰相だ。一の妃の父親で、彼女を皇后にしたがっている。彼女を遠ざける私との関係は、はじめからあまりよくない。今宵のことは間違いなく奴が一枚噛んでいる」

華夢と一緒になって翠鈴を責めていたのは、そのような動機があるからなのか。

「わかりました」

劉弦が翠鈴の頬に手で触れて、申し訳なそうに眉を寄せた。

「争い事に、巻き込むことになって申し訳なく思う。生まれ故郷にいたなら、こんな思いをすることはなかったのに。そなたは、私が必ず守ると約束する」

「そ、そのように言っていただく必要はありません」

翠鈴は慌てて答える。皇帝の口から出たとは思えないほどまっすぐな謝罪だ。

「む、村に帰れなくなったことは、劉弦さまだけのせいではありませんし……その……」

頬が熱くなるのを感じながら翠鈴は、一生懸命に言葉を紡ぐ。

「私がここにいることで劉弦さまの不調を軽くできるなら、私はここにいたいと思います。少しくらい意地悪されたって……なんとも思いません」

彼の中の罪悪感を少しでも、軽くしたいという一心だった。どうしてかはわからないけれど、彼にそんな風に思い続けていられるのは嫌だった。

でも口に出してみれば、これが本心なのだと確信する。ここにいたいなんて、思ったこともなかったけれど、それが彼のためになるならばそうしたい。

それは、彼がこの国を治める、皇帝だからだろうか？

自分自身に問いかけながら、翠鈴はすぐそばにある優しい色を浮かべた漆黒の瞳を見つめる。

……そして、それは違うと確信する。

彼はこの国を統べる龍神で、翠鈴にここにいろと命令するのが当然の立場にいる。

それなのに、こんな風に気遣ってくれる。翠鈴がつらい思いをしないよう心を砕いてくれるのだ。

そんな彼だからこそ、翠鈴は彼のそばにいたいと願うのだ。

この気持ちは……。

「ここにいたいと思う……それは翠鈴の本心か？」

その問いかけに翠鈴は迷わず頷いた。

「はい」

「そうか、ならいい。私も翠鈴に、そばにいてほしいと願う」

劉弦がふわりと微笑んだ。

その眼差しを見つめながら、翠鈴はとくとくと速度を上げる自分の鼓動を聞いていた。彼の手が頭を優しく撫でるのを心地よく感じている。

「この後は私だけが宴に戻る。そなたは寝所で待っていよ」

そう言って、劉弦が立ち上がった時。

「陛下、お取次ぎ願いたいという者たちが」

従者が遠慮がちに声をかけた。

「芽衣妃さまと、いく人かのお妃さまにございます。翠鈴妃さまにお目通り願いたいと……」

劉弦が確認するように翠鈴を振り返る。

翠鈴が頷き、劉弦が「通せ」と答えると、芽衣と数人の妃が入ってきた。芽衣は衣装を、その他の妃は髪飾りや首飾りなどを手にしている。

劉弦に跪き、芽衣が口を開いた。

「皇帝陛下、翠鈴妃さまのお支度を私たちにお任せいただくお許しをくださいませ」

意外な申し出に、劉弦が目を見開く。

翠鈴は思わず口を開いた。

「芽衣、……その衣装は？」

芽衣が顔を上げて翠鈴を見た。

「私のものよ、翠鈴。宴の衣装がないなら、どうして言ってくれないの？　言ってくれればなんとかするのに。水臭いじゃない」

別の妃も芽衣に同意する。

「私たちだってたくさんではないけれど、実家から持ってきたものがあります。皆さんで持ち寄れば翠鈴妃さまを綺麗にして差し上げるくらいはできましたわ」

隣の妃が唇を噛む。

「翠鈴妃さまがあんな風に言われるなんて悔しくて……」

「あ、ありがとう」

皆の剣幕に、やや戸惑いながら翠鈴は答える。すると皆に取り囲まれた。

「髪はまとめ上げた方が可愛らしいわね。その髪飾りはどうかしら？」

「いいと思うわ。このお衣装が翠鈴妃さまのお髪の色にぴったりだし。それにしても、細くて羨ましいわ。このお衣装がお似合いになるわ」

「ああ、爪も染めて差し上げたかった！　時間がないのが口惜しいわ」

まだ劉弦からの許しも出ていないのに、翠鈴を飾り立てる相談をしはじめる。もはやこのまま作務衣を脱がされそうな勢いである。

翠鈴はあたふたとして皆を止めようとする。

「あ、あの……！　私、宴には戻らな……」

——と、そこで劉弦が噴き出した。そのまま、くっくと肩を揺らして笑っている。

その彼の反応に、ようやく彼女たちは自分たちが暴走していたことに気がついて、再び劉弦に向かって跪こうとする。それを、劉弦は止めた。

「よい。そのまま続けてくれ」

妃たちに向かってにっこりと微笑んだ。

「そなたたちの心遣いに感謝する。私は先に宴に戻るが、彼女を頼めるだろうか？」

感謝するという言葉と笑顔に、一瞬皆固まる。が、すぐに、芽衣が答えた。

「は、はい！　きっと陛下も夢中になられるくらいお美しくして差し上げます！」

「では、頼む」

そう言い残して、劉弦は大広間に戻っていく。

同時に、その場の空気が一気に緩んだ。

妃のひとりがうっとりとしてため息をつく。

「あのような陛下ははじめてだわ。すごく素敵……」

でもそこで翠鈴を見て咳払いをした。

「とはいえ、私は翠鈴妃さまと陛下の仲に割って入ろうなどとはもはや思いません。おふたりが末長く仲睦まじい夫婦でいていただけるよう、応援いたしますわ」

別の妃が同意した。

「陛下は素敵な方だけど、恐れ多くて遠くから拝見するくらいがちょうどいいわ。私たち、もともと寵愛を受けることはない数合わせの妃なんだもの。田舎娘だし、教養もないのに寵愛を受けるなんて恐れ多くて」

「そうそう。後宮へ行けば働かずに呑気《のんき》に暮らせるよって言われて来たんだもの。どうせなら、楽しく仲良く暮らしたいわ」

「だから、皆で翠鈴を応援しようって決めたの。他の貴人たちも同じ気持ちよ！」

得意そうに言って、芽衣がニッと笑った。

「翠鈴が来てから、ここの暮らしが楽しいって思えたんだもの」

「芽衣……。皆さま……」

翠鈴の胸に温かいものが広がった。

翠鈴がしたことなんて、本当に些細なことだ。それなのにこんなに感謝されるのは、それだけ後宮が過酷な場所だからだ。こうなったのは翠鈴の功績ではない。

それでもこんな風に言ってもらえるのが嬉しかった。ここへ来たばかりでひとりぼっちだった頃が嘘みたいだ。皆の笑顔がじわりと滲む。

「私も、皆とお話しできるようになってから、ここの暮らしが楽しくなりました。なにがなんだかわからないままに、こうなってしまいましたけど……」

つられるように皆涙を浮かべる。

そこへ、芽衣が手をぱんぱんと叩き明るい声を出した。

「しんみりするのは、後ほどよ。ぐずぐずしていられないわ。なんとしても翠鈴を水凱国一の美女にするわよ！」

その言葉と共に、妃たちが心得たとばかりに、翠鈴を取り囲んだ。

大広間にて、劉弦は玉座に座り酒を片手に、順番にやってくる家臣からの祝いの口上を聞いている。

丁寧ではあるがじくじたる思いを隠しきれていない黄福律からはじまったそれは、だんだんと様子が変わるのを感じていた。意外なことに貴人の妃の父親たちは、翠鈴の懐妊を心から喜んでいるように思えた。

「陛下のお世継ぎが生まれましたら、この国は安泰にございます。領地の民も喜びましょう」

「翠鈴妃さまに健やかにお過ごしいただけるよう、娘にもよく言ってきかせます。近頃は共に散歩をさせていただいているようで」

「私どもの領地の特産品は身体を温めて懐妊中に飲むとよい茶がございます。娘に持たせますゆえ……」

国のため民のために、世継ぎの誕生を心から願う彼らの穏やかで澄んだ目を見つめながら、劉弦はさっき翠鈴を取り囲んでいた妃たちを思い浮かべていた。

互いに互いを思い合い、足りないところは補い合う。初代皇帝が惹かれただろう人の姿。その心を取り戻す者が、じわりじわりと増えている。翠鈴が来たことによって。

「陛下、翠鈴妃さまのご懐妊を心よりお祝い申し上げます」

最後に祝いの口上をあげに来たのは、九十九番目の妃の父親だった。

「翠鈴妃さまは、慣れない環境で気鬱の病に罹りかけていた娘を救ってくださった恩人です。これからは私も翠鈴妃さまを娘と思いお支えしたいと思います。娘からも手紙でそうするよう言われておりますゆえ」

都から遠く離れた領地を治めるその家臣は、民思いの穏やかな人物として知られている。劉弦はさっき、翠鈴を着飾らせてみせると張り切っていた芽衣を思い出しながら頷いた。

「そうしてもらえるか？　彼女には身寄りがない。急にここへ連れてこられて寂しい思いをしていたのだ。芽衣妃の心遣いをありがたく思う」

素直な思いを口にする。

彼女を大切にするとはいっても、皇帝である劉弦はずっとそばにいられるわけではない。ひとりでも味方がいてくれると心強い。

感謝の言葉を口にした皇帝に、芽衣の父親が驚いたような表情になり、次の瞬間破顔した。

「これはこれは……！　お熱いですな。よほど翠鈴妃さまを愛おしく思われているようだ」

「あ……、いや」

その彼の反応に、むずがゆいような気持ちになって、劉弦は咳払いをする。

芽衣の父親が柔和に微笑んだ。

「よいことにございます、陛下。娘からは翠鈴妃さまのお人柄はよくよく聞いております。もう娘は、翠鈴妃さまに夢中のようでして、その翠鈴妃さまをご寵愛される陛下を心から尊敬しているようです。……末長く、仲睦まじくいらっしゃるよう親子共々願っております」

そう言って彼は下がっていった。

落ち着かない気持ちを抱えたまま、劉弦はその彼を見送った。

——愛おしく思う。

それは、本来であれば人と人との間に存在する感情で、彼らはその気持ちをなによりも大切にする。だからこそ劉弦は、さっき衣装のことで揉めている場を収めるためにその言葉を使ったのだ。便宜上、彼女を愛おしく思うと言えば、人である彼らは納得する。

そのはずだったのだが……。

「翠鈴妃さま、おなりにございます！」

妃用の扉の向こうで従者の声が聞こえる。大広間が静まり返った。素早く視線を走らせると、翠鈴妃の支度をすると張り切っていた妃たちはいつのまにか席に戻っていた。互いに顔を見合わせて嬉しそうに微笑んでいる。

——そして。

ゆっくりと開いた扉の向こうに現れた翠鈴の姿に、思わず劉弦は息を呑み立ち上がりそうになる。

彼女は、ほっそりとした薄緑色の飾り気のない衣装を身につけて、髪をひとつにまとめ薄化粧を施していた。白い鈴蘭の髪飾りと、耳飾り、細い金の首飾り。少し控えめなのは、それほど裕福ではない家柄の貴人たちが持ち寄ったものだからだろう。それでも翠鈴が纏う清廉さにはぴたりと沿っているように思えた。

今まで劉弦は、人が綺麗な衣装を身に纏い自らを美しく見せることにまったく興味が湧かなかった。神にとっては外見などどうでもいいことだからだ。でも今は、どうしてか彼女から目が離せない。

――美しいと、心から思う。

戸惑いながら周囲を見回す澄んだ瞳、羞恥に染まるふっくらとした頬。今すぐそばへ駆け寄って抱き上げたいという衝動を肘置きの上で拳を握りなんとか耐えた。

一歩一歩、ゆっくりとこちらへやってくる彼女に、大広間の者たちも皆、驚き感嘆のため息をついている。自信なさげな彼女を、着飾らせた妃たちが励ますように頷いたり、手を叩いたりしていた。

「翠鈴妃さま、ご懐妊おめでとうございます！」

「健やかなお世継ぎの誕生を心よりお待ち申し上げます」

黄福律と華夢、貴妃たちがにがりきったような表情でそれを見ているが、貴人の妃たちと彼女らの父親たちの祝福の声はやまなかった。

少なくない自身への温かい言葉に、翠鈴が、安堵したようにわずかに笑みを浮かべる。そして、劉弦を見た。

その視線に、劉弦は息を呑む。胸が焼けるように熱くなった。

――愛おしい。

それは、神である自分にはなかったはずの感情で、はじめて感じる想いだった。

それでも、はっきりとわかる。

彼女にそばにいてほしいと願うのは、彼女が翡翠の手の使い手だからではなく、ただ愛おしいからなのだ。

ひと筋だけ首にかかる翠鈴の黒い髪。その艶のある黒を見つめて、劉弦はそう確信していた。

「今宵は、疲れたであろう。ゆっくり休め。朝は起こさぬように言っておく」

宴が終わり、劉弦の寝所に戻ってきた翠鈴を寝台の中へ促して劉弦も隣に入る。

ふわりと感じる彼の香りに翠鈴の胸はドキドキとした。毎夜を同じ寝台で過ごしているとはいえ、こうやって同時に入るのはずいぶんと久しぶりのこと。彼は毎日夜遅くまで執務に勤しみ、部屋へ来るのは翠鈴が寝た後だからだ。

「寒くないか？　夜は冷える」

かぶせられた布団を頬まで上げて、翠鈴は口を開いた。

「今宵はありがとうございました。はじめはどうなることかと思いましたが、滞りなく終わって安堵しました」

当初の予想に反して、半分ほどの者から祝福の言葉をかけられた。なにより芽衣たちの言葉が嬉しかった。

「皆、翠鈴の力だろう。どうやら、そなたに心惹かれるのは、私だけではないようだ」

肘をつきすぐ近くで翠鈴を見つめて劉弦が言う。

翠鈴の頬が熱くなった。

どうやら神である彼も人と同じように酒には酔うらしい。

そうでなければ『心惹かれる』などという言葉を使うはずがない。

「私はなにも……」

「いや、他の妃たちがあのように助け合い、手を取り合う姿を私は今まで見たことがない。翠鈴がここへ来てからだ」

「そんな……。皆さまがもともといい方たちなのです。ただそれだけで……。でも着飾ったのは恥ずかしかったです。あのような格好、私には似合わないのに……」

芽衣たちは褒めてくれたが、自分のような田舎娘には、分不相応なんてものではなかった。大広間に戻るなどとんでもないと思ったが、一生懸命支度をしてくれた彼女たちの気持ちに応えたくてそうしたのだ。

「美しかった」

劉弦が目を細めた。

その言葉に翠鈴は目を見開いた。

「着飾ることは、神である私にとっては、本来は無意味なことだ。外見の美しさでは私の心は動かない。だが今宵は着飾るそなたを誰よりも美しいと思った」

やはり彼は酔っているのだと翠鈴は思う。あるいはよほど世継ぎができたことを嬉しく思っているか……。

だって、美しいなど翠鈴にはあまりにもそぐわない言葉だ。それでも、嬉しいと思う気持ちを止めることができなかった。

翠鈴だって今までは着飾ることに興味はなかった。ずっと生きることに必死だった自分には関係ないことだったから。

それでもあの時は、自分が着飾ったのを彼がどう思うかが気になったのだ。

その彼に褒めてもらえただけで、まるで雲の上をふわふわと漂っているような気分になる。

この気持ちは……？

「さぁ今日はもう休め」

劉弦が言って、布団の中で翠鈴を抱き寄せた。

「翠鈴を抱くと心地よい。私ももう休むことにしよう」

すぐ近くから聞こえる彼の声音が、甘く甘く耳に響いた。同時に、翠鈴の胸が複雑な色に染まってゆく。

尊敬と信頼、自分が彼に抱いてよい思いはそれだけなのに、それ以外の想いが確かに胸に存在するのを感じたからだ。

——それは神と人との間には、存在しないはずのもの。

宿命という名の絆《きずな》で結ばれていれば十分なはずの自分たちには、必要のないはずの想いだ。

——劉弦さまが愛おしい。

頭の中でもうひとりの自分が呟く。それから目を背けるように、翠鈴はギュッと目を閉じた。

第四章　妃たちの苦悩

夜は毎日、劉弦の寝所で過ごす翠鈴だが、朝食は決まって自分の部屋でとることにしている。芽衣と蘭蘭と一緒に食事をするためである。

宴から半月が経った日の朝、肉入り饅頭を手に翠鈴はため息をついた。

隣に座る蘭蘭が心配そうに眉を寄せた。

「食欲がないようですね、翠鈴さま。昨日も饅頭をお食べになっていませんでした」

「そうなの。ちょっと饅頭は食べられそうにないわ」

皿に戻して答えると、彼女は心得たとばかりに頷いて、果物の皿と交換した。

「この時期は、体調が悪くなって食べられるものが限られてくるものです。果物はどうですか？」

「……果物なら食べられそう」

答えて、楊枝《ようじ》で桃を刺し、口に運ぶ。冷たくて美味しかった。

「でも、果物だけじゃ、お腹の中のお世継ぎが大きくなれないんじゃないかしら」

向かいに座る芽衣が、心配そうに眉を寄せる。蘭蘭が答えた。

「お腹に子がいるということに、翠鈴さまの身体が慣れるまでは仕方ないんですよ。ご心配には及びません、私の母は弟がお腹にいる時は、毎日瓜《うり》しか食べませんでしたけど、弟は町いちの暴れん坊に育ちましたから」

その言葉に、芽衣は安心したように頷いた。

彼女の後ろで給仕をしている洋洋が張り切った声を出した。

「ならば、翠鈴妃さまが食べられそうなものをお屋敷からどっさり届けていただきましょう」

「そうね、そうするわ。食べられそうなものがあったら教えて、翠鈴」

翠鈴は慌てて首を横に振る。

「そういうわけにはいかないわ」

屋敷とは芽衣の実家のことだ。芽衣が食べるものならともかく、翠鈴のために食べ物を送ってもらうわけにはいかない。仲良しだからといってそこまで頼るわけにはいかないだろう。

でもそれを芽衣が一蹴した。

「あら、いいのよ翠鈴。お父さまは、翠鈴のためならなんでもするのよ。ねえ、洋洋？」

「はい、芽衣妃さま。翠鈴妃さまは芽衣妃さまの恩人にございます。私からも旦那さまによーくお伝えしてございますから、ご遠慮はなさらないでくださいまし」

「それにねえ、翠鈴」

芽衣がふふふと笑った。

「実はお父さま、陛下から直接頼まれたらしいのよ。身寄りのない翠鈴の後ろ盾になってやってほしいって。本当に、陛下は翠鈴にぞっこんよね。んふふふ」
からかうように言って笑っている。
「ぞ、ぞっこんって……そういうわけじゃないと思うけど……」
翠鈴は言って、楊枝を置く。そして複雑な気持ちになった。
あの宴の夜から、このようなことを周囲からたびたび言われるようになったのだ。
おそらく、劉弦が翠鈴を『愛おしく思う』と皆の前で口にしたからだ。
あの言葉はあの場を収めるための方便で、彼の本心ではない。神である彼が翠鈴に
そのような感情を抱くわけがないのだから。でも他でもない彼自身が口にした言葉を
否定するわけにもいかなくて、翠鈴は困ってしまう。
「陛下は龍神さまなんだから、人と同じように考えるべきじゃないと思うけど……」
「えー、そうかな？　陛下が翠鈴を寵愛してるのは確かでしょ？　そうじゃなきゃ、
皇帝がいち家臣に『頼む』なんて言う？　あり得ないよ。これでお世継ぎが無事に誕
生して、翠鈴が皇后さまになったら、この国は安泰ね」
芽衣がそう言って、にっこりと微笑む。
その時。
――バシャン！
入口の方で水音がする。同時に扉の下から大量の泥水が部屋へ流れ込んできた。

「やだ！　なに⁉」

芽衣が立ち上がる。

「翠鈴妃さまと芽衣妃さまは、長椅子の上に」

洋洋が蘭蘭と共に扉を開け、水の正体を確かめる。外にいたのは、華夢つきの女官だった。泥水が入っていたと思しき桶《おけ》を手にしている。華夢本人はおらず、代わりに華夢の取り巻きの妃たちが笑みを浮かべて立っていた。

「芸汎《ズーハン》妃さま、これはいったい……」

その中のひとりに、洋洋が問いかける。

張《チョウ》芸汎が口を開いた。

「なにって掃除をさせていたのよ。汚れてるみたいだから」

彼女は言って、長椅子に避難している翠鈴と芽衣を見る。まるで汚れているのはそこだというかのようだった。周りの妃がくすくすと笑った。

「この辺りは本来貴妃しかいちゃいけないのに、卑しい出自の者がうろうろするなんて嘆かわしいわ」

「だからこまめにお掃除しなきゃ」

どうやら掃除という名目で、泥水を流し入れたようだ。

「す、翠鈴は、お世継ぎを身ごもっているのよ。なにかあったらどうするおつもり？

ただでは済まないんだから！」

憤る芽衣を、芸汎が鼻で笑った。

「世継ぎを身ごもられたとしても出自は変えられないわ、芽衣妃さま。……本当なら華夢妃さまが身ごもられるべきだったのよ。翠鈴妃さまが身ごもられたのはただの間違い。さすがは卑しい出自の者、陛下をたぶらかす術をお持ちなのね」

たまりかねたように洋洋が口を挟んだ。

「芸汎妃さま、このようなことは今後お控えくださいませ。華夢妃さまの品位に関わりますよ」

今回に限らず同様の嫌がらせは、ここのところ頻繁に起きていた。おそらくはこれも、宴での劉弦の発言が引き金なのだろう。彼の翠鈴への寵愛を目のあたりにした貴妃たちは、あの手この手で翠鈴を攻撃している。

特に一番ひどいのがこの芸汎で、彼女の後ろには華夢の存在があることは、後宮内では周知の事実だった。

それなのに彼女はわざとらしくとぼけてみせた。

「あら、この場にいらっしゃらない華夢妃さまは、預かり知らぬことよ。……それに私たちは女官に掃除をさせていただけのこと。その水が少し流れ込んだくらいで、罰を受けるというのかしら？　さすが、ご寵愛の深いお妃さまですこと。怖いわね、行きましょう、皆さま」

　そう言って、彼女たちは去っていった。

　蘭蘭に床を拭くための掃除道具を取りに行かせて扉を閉め、洋洋がため息をついた。

「お妃さま方のなさりようは、ひどくなる一方ですね……。一度女官長さまに、ご相談しなくては」

「無駄よ、洋洋。梓萠は貴人には厳しいけど、貴妃には強く言えないわ。……それにしても、華夢妃さまって本当にしたたかな方。芸汎妃さまが、華夢妃さまの腰巾着なのはみんな知っているのに、ご自分は手を汚さないなんて」

　芽衣が軽蔑するように言う。

　翠鈴はため息をついた。

「宴での一件で、私と華夢妃さまは本当に対立してしまったのね」

「だけどそれは向こうから仕掛けたことじゃない、翠鈴。貴妃の方たちは、まだ陛下のご寵愛を諦めていないのよ。華夢妃さまだけじゃなく他の方たちも、翠鈴になにかあれば、次は自分の番だとでも思っているんじゃない？　……まぁ、あれはあれで可哀想だとも思うけれど」

　最後は少し声を落とす芽衣に、翠鈴は首を傾げた。

「可哀想？」

「うん、貴妃の方々はね、実家の期待を背負って後宮へ入っているの。なんとしても陛下のご寵愛を受けろってきつく言われているはずよ」

「実家の期待を……？」

「そう、私たち貴人は順位も低いし、もともと寵愛を受ける可能性なんてほとんどないって親もわかっているから、気楽なものなのよ。のんびり暮らせって言われている人もいるくらいだもの。……でも彼女たちは違う。有力家臣の娘として、陛下の寝所に召されるための教育を受けてきたの。寵愛を受けたのが華夢妃さまならともかく、順番が下の翠鈴だったことで実家から責められている方もいるんじゃないかしら？　お前はなにをしてたんだって」

はじめて聞く話だが納得のいくものだった。一の妃の華夢が寵愛を受けるのは、ある意味当然なのだから、それで彼女たちが叱られることはない。でも百番目の妃の翠鈴が寵愛を受けたなら話は違う。怒りが翠鈴に向くのは当然だ。

「皆さま、華夢妃さまがご寵愛を受ける方がいいのね。だから私に嫌がらせを」

「それだけじゃないわ。皆が彼女に取り入ろうとするのはもうひとつ理由があるの。皇后になられたお妃さまは、〝ご指名〟ができるようになるの。芸汎はそれを狙っているのよ」

耳慣れない言葉に翠鈴は首を傾げる。

「ご指名？」

「皇后さまは、体調が優れない時なんかに、自分の代わりに皇帝の閨《ねや》の相手をする妃を指名できるのよ。華夢妃の取り巻きたちは、それを期待してるの。翠鈴が来るまでは華夢妃さまが皇后さまになられると皆思っていたんだもの、一生懸命、取り入ろうとしていた。それなのに今さら翠鈴にお世継ぎができて皇后になられたら困るのよ。だから躍起になって翠鈴に嫌がらせをしてるってわけ」

「ご指名……。そんな決まり事があるのね」

そういう事情があるのなら、貴妃たちの行動は納得だ。芽衣が言う通り、彼女たちを可哀想だと思うくらいだった。

「ま、でも、そんなくだらない争いも、翠鈴がお世継ぎを産んで皇后さまになったら解決だわ。……翠鈴、どうしたの？　顔色が悪いわよ」

芽衣が心配そうに翠鈴を覗き込んだ。

「医師さまを呼んでもらう？」

「大丈夫、蘭蘭の言う通り、懐妊中の体調不良よ。……でも少し横になろうかな。申し訳ないけど散歩には……」

「大丈夫、大丈夫、ゆっくりと寝てて。皆残念がるとは思うけれど、翠鈴が健やかなお世継ぎを産むためだもの。仕方がないわ」

そう言って、芽衣は部屋を出ていった。

食事をしていた居間の隣の寝室で翠鈴は寝台の上にゴロンと横になって目を閉じた。気が滅入ってしまいそうだった。重たいものがのしかかっているかのように、身体がだるい。

自分が皇后になるなんて、恐れ多くてあり得ない話だった。翠鈴は世継ぎどころか自分が子を産むという覚悟すらまだできていないのに。それなのに身体だけがどんどん変化していて、それが不安でたまらない。お腹の子に申し訳ないと思いつつ、翠鈴はまだその存在を認められてはいなかった。

愛し合ってできた子ならば、こんなに不安に思わないのだろうか？

得体の知れないなにかに押しつぶされるように感じながら、翠鈴は目を閉じた。


国中の領地を治める部族長から献上された品々が玉座の間に並べられている。役人が目録を読み上げるのを玉座に座り劉弦は聞いている。

どれも一般の民には手が届かない高級品ばかりだが、神である劉弦には必要ない。これらはすべて金子に換えて、貧しい者たちの施しにするのが慣例だ。

だから正直なところ献上品の内容には興味がない。ただ皇帝の役目として聞いているだけだった。だが役人が読み上げる目録の中の『茶』という言葉に引っかかりを覚えて、劉弦は眉を上げた。

「茶……か」

さまざまな植物を乾燥させて作る茶は、嗜好品《しこうひん》というよりは薬の役割を果たすことがほとんどで、原料の種類や組み合わせによって人の体調を整える効果がある。

そのことを思い出し、劉弦は役人に問いかけた。

「そなた、その茶は、胃の腑の調子を整えてすっきりさせると言ったな」

「はい。効果は抜群にございます」

「その……。それは身ごもっている者が飲んでもよいものか？」

劉弦からの質問に、役人は不意をつかれたように瞬きをする。だが、すぐに笑顔になった。

「もちろんにございます！　こちらの茶はいい効果こそあれ、悪い作用はございません。懐妊初期の胃の腑の不快感を取り除いてくれるので、産地では懐妊の祝いとしても喜ばれる品です。ぜひご寵姫さまに差し上げてくださいませ！」

嬉しそうに声をあげる。劉弦はおもはゆい気持ちで、頷いた。今彼が言った通り、劉弦が献上品の茶に興味を持ったのは、翠鈴のことが頭に浮かんだからだ。

彼女は、ここのところ体調が悪く食欲がないと聞いている。懐妊中、特にはじめの頃には珍しくないことだと周りは言う。だがそれでも心配だった。

「ご寵姫さまはなんと申しましてもお世継ぎを身ごもられておられるのですから、陛下がご心配されるのも無理はありません」

役人の言葉に劉弦は一応頷く。本当のところ、世継ぎが心配というよりは翠鈴自身を心配しているという方が正確だった。自分の子が彼女のお腹にできたということを、まだはっきりと実感できていないのが正直なところだからだ。

だがとにかく彼女を愛おしいと思うのは紛れもない事実なのだ。彼女の不調をなんとかしてやれるなら、なにをしてもかまわないという気分だった。

「ご寵姫さまのお好きな果物の砂糖漬けを浮かべてもよろしいですよ。陛下の深い愛情に、ご寵姫さまが元気になられることをお祈り申し上げます」

役人が言って目録を閉じ、下がっていく。

その言葉をこそばゆく感じながら、劉弦は彼を見送った。

泥水が流し込まれたその夜、翠鈴が劉弦の寝所へ行くと、珍しく彼が翠鈴を待っていた。

彼は驚く翠鈴を寝台に座らせて、自分も隣に座り湯呑みを持たせる。

「これは？」

「茶だ。飲めそうなら飲んでみよ。胃の腑の調子がよくなり、すっきりするという話だ。今朝、東北地方から献上品として宮廷に届いた」

確かそういう茶があったと翠鈴は思い出す。祖父から聞いたことがあるが本物を見るのははじめてだった。なにしろ民には高価すぎて手に入らない代物だ。

「こんな貴重なものを……」

もちろん翠鈴の体調を気遣ってくれてのことだろう。こんな高級品を口にするなど恐れ多いが、すでに淹《い》れてしまっているのを無駄にするわけにいかない。

恐る恐る口に含むと、すっきりとした香りで飲みやすい。ひと口、ふた口飲んでいると、馬の上で揺られているような不快感が少し楽になった。

劉弦が翠鈴の頭を優しく撫でた。

「少しでも楽になればよいのだが」

まるで心から翠鈴を思いやっているようにも思える優しい声音。その眼差しに、翠鈴の胸が甘く切なく締めつけられた。

彼に大切にされるのは嬉しい。でもその反面、これが愛情からくるものではないことがつらくて苦しかった。

彼にとって翠鈴は宿命の妃であり、大切な世継ぎを宿した唯一の妃。だからこそ、こうして優しくしてもらえるのだ。

——誰かを愛おしく思う気持ちは、こんなにも欲張りで卑しいものなのだ。

彼の優しさには、感謝こそすれ寂しく思うなどあってはならないことなのに。

自分を見つめる漆黒の瞳と身体に回された逞しい腕、高貴な甘い香り。すべては国の民のためにあり、自分だけのものではないことくらいわかっているはずなのに。

「……ありがとうございます。劉弦さまのお慈悲に感謝いたします」

飲み終えた湯呑みを台に置き、翠鈴は彼を見つめる。どうしてか、彼のそばにいる間は少し身体が楽になる。でも心はじくじくと痛かった。

もういっそ彼を愛おしく思う気持ちなど、なくなってしまえばいいのに、と翠鈴は思う。

尊敬と感謝の念だけを抱いていた頃に戻れればどんなにか楽だろう。けれど、どうしたらそうできるのか、見当もつかなかった。彼の目をまともに見られなくてうつむくと、劉弦が静かに口を開いた。

「翠鈴」

「はい」

「そなたを私の皇后にしようと思う。世継ぎが生まれたら、立后の儀を執り行う」

突然の彼の宣言に、翠鈴は顔を上げて目を見開いた。

「私を皇后さまに……？」

「ああ、翠鈴は私の唯一無二の存在だ。皇后はそなた以外あり得ない。私には翠鈴が必要だ」

まっすぐな言葉と、熱い視線に翠鈴の胸が震える。まるでそこに愛情があるかのようだった。

でもすぐに、これは幻想だと自分自身に言い聞かせた。彼が自分を大切にするのは、翡翠の手を持つ唯一の存在だから。

「翠鈴、私の皇后になってくれ」

低くて甘い彼の声音に、翠鈴の背中がぞくりとする。自分を見つめる真摯な眼差しに、都合のいい夢を見てしまいそうで怖かった。

「恐れ多くて……」

それだけ言って目を伏せた。

愛情という絆で結ばれていない夫婦の間の、皇后という役割は重たすぎて受け入れることができなかった。

「大丈夫だ。翠鈴は皇后に相応しい」

彼の言葉も素直に受け止められなかった。

――それは私が、翡翠の手の使い手だから。彼は私自身を愛しているわけではない。

宿命の妃という役割からも逃げ出したいくらいだった。

彼に愛されているならば、こんな風に思わなかったのだろうか？

どんなに重たい役割も耐えられる？

目を伏せたまま答えられない翠鈴を、劉弦は急かさなかった。

「まだ時間はたっぷりある。ゆっくりと心の準備をすればいい。まずは身体を労り出産に備えよ」

「はい……少し気分が優れません。今宵はもう休んでもいいですか？」

「ああ、ゆっくりと休むがいい」

翠鈴は、布団の中に潜り込み、布団を頭までかぶった。

世継ぎを産んだ妃が立后する。それが国にとっては自然なことなのだろうか。

……たとえそこに愛情がなかったとしても。

ゆっくりと心の準備をすればいいと彼は言うが、ことは皇后に関することなのだ。

いつまでもぐずぐずと考えているわけにはいかないだろう。

――少なくとも子が生まれるまでに覚悟をしなくてはならない。

――覚悟なんて、いつまでたってもできそうにないのに。

生まれるまでに覚悟しなくてはならないなら、子が生まれるのが怖かった。

その恐怖から目を逸らすように翠鈴は目を閉じた。

劉弦に愛されていないけれど、皇后にならなくてはならない。

その事実は、翠鈴の心に重くのしかかった。

彼の顔を見るのも、その優しさに触れるのもつらくて、体調が優れないのを理由に、夜寝所へ行くのも断り自室へこもるようになった。

体調は日に日に悪くなる一方だった。

散歩にも行かない翠鈴を中庭へ誘ったのは芽衣だった。

「中庭ならすぐにお部屋へ戻れるし、安心でしょ。日の光を浴びないとおかしくなると教えてくれたのは、翠鈴よ」

それもそうだと考えて、芽衣と共に何日かぶりに中庭へ行く。長椅子に腰かけると、途端に貴人の妃たちに囲まれた。皆一様に心配そうな表情だ。

「翠鈴妃さま……。お顔を見られなくて寂しかったです」

「お会いできて嬉しいですが、あまり体調はよくなさそうですね」

「蘭蘭、この香を翠鈴さまに炊いて差し上げて。懐妊中の不快感を抑えてくれるの。実家から取り寄せたのよ」

「皆さま、ありがとうございます」

翠鈴は心から言う。皆の気遣いが嬉しかった。久しぶりに見知った顔に囲まれて、少し気分が晴れていく。芽衣の言葉の通りにしてよかったと思う。

一方で、彼女たちの向こうでは貴妃たちが嫌そうにこちらを見ている。中庭に彼女たちが来ているのを不満に思っているのだろう。

「翠鈴妃さま、そこは華夢さまがいつもお座りになっておられる場所ですよ」

きつい表情で、咎めるように言ったのは、張芸汎だ。

すかさず芽衣が答えた。

「華夢妃さまは今お部屋にいらっしゃるじゃないですか。ですから……」

「いついらっしゃってもお座りいただけるよう空けておくのが、後宮の妃の務めにございます」

芸汎の言葉に他の貴妃たちも頷いている。

「おのきくださいませ」

詰め寄る芸汎から翠鈴を庇うように芽衣が立ち上がった。

「そのような決まりはありませんわ。それなのに、そのようなさりよう……。妃同士仲良くするのをお望みだと陛下はおっしゃったのを芸汎妃さまもお聞きになられていたでしょう？」

毅然として言い返す芽衣に、貴人たちがそうだというように頷いた。

芸汎が、弾かれたように笑いだした。

「まぁ、おかしい！　お優しい陛下の建前を本気になさるなんて……！」

扇子で口もとを隠して、笑い続けている。貴妃たちもくすくすと笑いだした。

「これだから教養のない方は」

「少し考えたらわかるのにね」

こちらに聞こえるように嫌みを言い合っている。

「華夢妃さまは、皇后さまになられる方なのですよ？　私たちと同じに考えるべきではありません。そのくらいわからないのですか？」

勝ち誇ったように芸汎が言う。それはそうかもしれないが、そのような言い草はないと、翠鈴は思う。でも言い返す気力が湧かなかった。

「将来の皇后さまに逆らうなんて、あなたたちいい度胸ね！」

芸汎は、高飛車に言ってぐるりと貴人たちを見回す。貴人たちは気まずそうに顔を見合わせた。でもその中のひとりが、ぽつりと呟いた。

「……そんなのわからないわ。翠鈴妃さまが皇后さまになられる可能性もあるじゃない」

その言葉に、貴人たちがハッとしたような表情になり、同調した。

「そうよ。翠鈴妃さまは、お世継ぎをお産みになられるのよ。それにお人柄もお優しいし……私は翠鈴妃さまが、皇后さまになられる方がいいわ」

「私も、皇后さまは翠鈴妃さまがいいってお父さまに申し上げるわ」

「私も！」

「私もそうする」

そう言って手を取り合い盛り上がっている。彼女たちの気持ちはありがたいが、翠鈴の胸は重くなった。

どう考えても買いかぶりすぎだ。翠鈴には、皇后に相応しい器量も教養もない。ただの田舎娘だというのに。

芸汎が鼻を鳴らした。

「馬鹿馬鹿しい。あなたたちの父親にいったいなんの権限があるというの？　華夢妃さまのお父さまは宰相さまなのよ。宰相さまは、陛下をお支えする重要なお方、あなたたちの父親とは立場が違うんだから。教養のない方が皇后さまになるなんて、それこそ国はお先真っ暗よ！」

ひどい言葉だがその通りだと翠鈴は思う。国の中枢を担う家臣の家柄に生まれて、高い教育を受けてきた彼女と翠鈴は雲泥《うんでい》の差だ。

「それに華夢妃さまは、翡翠の手の持ち主なのよ。宿命の妃なんだから」

これで決まりだというように芸汎は言うが、芽衣が反論した。

「翠鈴だって不調を見抜く目があるわ。私はそれで病にならずに済んだんですもの」

「そうよ！　蘭蘭だってびっくりするくらい元気になったじゃない。華夢妃さまより翠鈴妃さまの方がよっぽど……」

「皆さま」

不毛なやり取りを遮る声がして、皆そちらへ注目する。華夢妃だった。

「騒ぐのはおやめなさい。妃としての振る舞いではありませんよ」

そう言って、皆の中心へやってくる。突然の彼女の登場に、貴人も貴妃も皆、黙り込んだ。

「どなたが皇后さまになられるかは、私たちが決めることではありません」

言い切って、ぐるりと皆を見回した。

「お世継ぎをお産みになられる方を皇后さまにと考えるのは当然です。皆さまのお気持ちはわかりますわ。……なれど」

華夢は言葉を切り、翠鈴を見た。

「翠鈴妃さまが来られてからこのようなことばかりにございます。以前は保たれていた後宮の秩序がここのところ乱れっぱなし。しかもいつもその原因は翠鈴妃さま」

手にしていた扇をパチンと閉じた。

「皇后さまになられるというならば、もう少しご自身の振る舞い方をご自覚くださいまし。皇后さまはこの後宮を治める方なのでございますよ」

鋭く言って踵を返す。透ける素材の長い袖をひらひらさせて去っていった。慌てて芸汎が後を追いかけていく。

その後ろ姿を見つめながら、翠鈴は暗澹たる思いになっていた。

皇后になりたいなどとは思わない。そのための教養も自覚もないのだから。それでも、彼女の言葉は翠鈴の胸に突き刺さり、じくじくと痛んだ。

華夢が去った後は、その場は解散になる。

翠鈴も芽衣と別れて自室に戻ることにした。

途中、一の妃の部屋の前を通りかかると、開きっぱなしの扉の向こうから、華夢の苛立った声が聞こえた。

「私の名前をあんな風に出さないで。万が一にでも陛下のお耳に入ったらどうするのよ」

「も、申し訳ありません。ですがあの場所から翠鈴妃さまにおのきいただくようにせよとおっしゃられたのは、華夢妃さまで……」

答える芸汎の声は、さっきとは打って変わっておどおどしている。それに華夢が激昂《げっこう》する。

「だから、もう少しうまくやりなさいって言ってるの！　あんなやり方、私の品位を貶《おとし》めるやり方だわ。芸汎、あなたがこんなに無能だとは思わなかった。できないならいいわ、他の者に頼むから。もちろんその場合は、私が皇后になっても指名の話はなしよ。そしたらあなたなんて一生陛下に寵愛してもらえないわ。その見た目じゃね！」

よほど苛ついているのだろう。扉を閉めるのも忘れて芸汎を罵っている。

芸汎が慌てて声をあげた。

「華夢妃さま……！　そんなことをおっしゃらないでください。もっとちゃんとやりますから」

「そう？　ならもう少しだけ、機会をあげる。でももう今日みたいな手ぬるいのは見たくないわ」

「手ぬるいって……。今よりももっと……にございますか？」

「そうよ、あの女が自らここを出ていきたくなるくらい、追い詰めるのよ。わかったわね？」

華夢の言葉を聞いて、翠鈴と蘭蘭はそっとその場を後にした。

自室へ戻りしっかり扉を閉めてから、椅子に座りため息をついた。

やはり芸汎が行っていた翠鈴に対する嫌がらせの数々は、華夢の差し金だったのだ。

それをはっきりと目のあたりにして暗澹たる思いになる。翠鈴が皇后に相応しくないのは確かだが、彼女が皇后になるのだと思うと複雑だった。

「どうしてあんなことを言われてまで、華夢妃さまのそばにいるのかしら……」

人間なのだから相手の好き嫌いは仕方がない。でもあそこまで言われて、それでも彼女に従うのが理解できなかった。

「指名していただくためだからって……」

「芸汎妃さまは、実家からの期待が他の方より大きいのです」

まるでなにかを知っているかのような口ぶりの蘭蘭に、翠鈴は首を傾げた。

「蘭蘭、あなた芸汎妃さまを個人的に知ってるの？」

蘭蘭が少し気まずそうに、首を横に振った。

「いえ、そうではなくて……以前、芸汎妃さまのご実家からのお手紙を拾ったことがあるんです。も、もちろん、中を読むつもりはなかったんですが、どなたのものか確認するために仕方なく……。そしたら翠鈴妃さまの名前が書いてあったのでつい……」

「私の名前が？」

「はい。芸汎妃さまのお父上さまは、翠鈴妃さまがご寵愛を受けられたことを怒っていらっしゃいました。お前は役立たずだ、器量の悪い娘を持って自分は不幸だと、それはそれはひどい言葉で」

器量が悪いだなんて、父親が娘に使う言葉ではないと翠鈴は思う。しかも実家を離れて後宮でひとり暮らしている娘に……。

「自力では寵愛を受ける可能性はないんだから、華夢妃さまに取り入って、指名してもらうようにと書いてありました。失敗したら、お前なんていらない、張家の恥晒《さら》しだ、とまで……娘にあんな手紙を送る父親がいるんですね」

蘭蘭が憂鬱な表情でため息をついた。

温かい家族で育った、家族思いの彼女からしたら考えられないことなのだろう。

翠鈴にとっても同じだった。だけど父親からそんな風に言われているのなら、躍起になって翠鈴を追い出そうとするのも頷ける。

華夢に許しを乞《こ》うていた芸汎妃の悲痛な声が耳から離れず、胸が痛かった。

彼女は、ただの意地悪で嫌がらせをしているわけではない……。

貴人の妃たちだって、打ち解けてみれば普通の心優しい娘たちだった。おそらくは貴妃たちも……。

繊細な作りの赤い灯籠がいくつも下がる天井を翠鈴は見上げた。

ここは、美しく豪華な造りの大きな鳥籠。本当なら自由なはずの鳥たちを閉じ込めているのだ。

自分と、彼女たちの行末に思いを馳せて、翠鈴はため息をついた。

一日の終わり、赤い灯籠が下がる長い外廊下を劉弦は寝所へ向かって歩いている。

「劉弦さま、少しお疲れのご様子ですね」

どこからともなく白菊が現れて、劉弦に寄り添うように歩きだした。

「翠鈴妃さまが、寝所へのお召しを拒まれているからにございましょう」

白菊が言う通り、ここ数日の劉弦は疲労を感じている。翡翠の手の癒やしを受けられていないからだ。

だがそれだけではない、と劉弦は思う。

彼女の顔を見ていない。それをなにより物足りなく寂しく感じているのだ。

寝所に彼女がいないと思うだけで、足取りが重くなる。もぬけの殻《から》のあの部屋に帰ることに、なにも意味がないように思えた。

白菊が苦々しい表情で口を開いた。

「翠鈴妃さまには、夜のお召しを断ることがないよう女官長に伝えましょう。宿命の妃としての役割をきちんと果たすようご自覚いただき……」

「その必要はない。少しくらい彼女と離れても十分に動ける。無理をさせるな」

劉弦は彼を遮って立ち止まり、夜空に浮かぶ青白い月を眺めた。澄みきった清らかな光は翠鈴を彷彿《ほうふつ》とさせた。ここのところなにを見ても彼女を思い出すようになっている。

……ただ、会いたいのだと劉弦は思う。

例えば彼女が、翡翠の手の使い手ではなくただの村娘だったとしても、自分はこの腕に抱きたいと願うだろう。

劉弦が触れると、ほんのり染まる柔らかい頬。

長いまつ毛と澄んだ瞳。

『劉弦さま』と自分を呼ぶ、桜色の唇……。

なにもかもが恋しくて、愛おしくてたまらなかった。

本心では夜だけでなくずっと自分の宮へ置いておきたい。長い廊下を歩いてこちらへくるのが負担だと言うならば、常にそばに置いて、なににも触れさせず。自分だけのものに……。

神が人の子に、このような想いを抱くなどあり得ないことだが、もう劉弦は驚きはしなかった。

それほど自分の心は、彼女に囚われているのだから……。

今宵翠鈴は、ゆっくりと休めているだろうか？

ここのところ思わしくない状況が続いている彼女の体調に思いを馳せる。

この時刻ならば、もう眠っているだろう。自分はそれに満足して、誰もいない寝所でひとり休むべきだ。それはわかっているのだが……。

自分を照らす青白い月に、まるで誘われているような気分になって、劉弦は再び歩きだした。

夜半すぎ、肌寒さを感じて翠鈴の意識が浮上する。自室の翠鈴用の寝台は、いつも寝ている劉弦の寝台の半分以下の大きさだ。それなのに、妙に広く感じて心細かった。寝返りを打ち、目を閉じてもう一度眠ろうと試みる。だがうまくいかなかった。昼間の出来事が頭の中をぐるぐる回り、また心が重くなる。

皇后という役割と、後宮の妃たちの苦悩……。

このまま寝るのは難しそうだと、一旦諦めて寝台を出る。窓の布幕を開け、夜空に浮かぶ青白い月を見上げた。

なにものも寄せつけない清く気高い存在感は、愛おしい劉弦を彷彿とさせる。翠鈴の胸は切なく締めつけられた。

会いたいと、心から思う。

彼が翠鈴を愛していないことをつらく感じて、寝所へのお召しを拒んでいるのは翠鈴だ。けれど、今はただ遠くからでもその姿を見たかった。

——劉弦さま。

胸の中で、月に向かって呼びかけた時。

「起きていたのか」

思いがけず返事があって、翠鈴は声をあげそうになってしまう。窓の外、月明かりの下に、劉弦が立っていた。

「りゅ、劉弦さま……！」

名を呼んだ次の瞬間、彼の姿は部屋の中にある。身につけていた皇帝用の外衣で窓辺に立つ翠鈴を包むように抱き込み、向かい合わせで翠鈴を見つめた。

「夜は冷える。暖かくしていろ」

「劉弦さま……どうして？」

会いたいと思った人が突然現れて驚きながら翠鈴は問いかけた。

「皇帝は、気に入った妃を寝所へ呼ぶこともできるが、妃の部屋へ来ることもできるのだ」

そう言って彼は額と額をくっつけて、優しい眼差しで翠鈴を見た。

その温もりに、さっきまでの不安が少し和らいでいく。まったくなにも解決していないのに。

こんなにも自分は彼を愛しているのだ。顔を見てすぐ、まだほとんど言葉を交わしていないのに、こんな気持ちになるなんて。

「額から、清らかな空気が流れ込むような心地がする」

劉弦が息を吐いて目を閉じた。彼の身体の赤い光に目を留めて、翠鈴はハッとする。

翠鈴が彼に会いに行かなかったから、彼は不調を感じている。慌てて手をかざそうとするが、劉弦に手首を取られて止められた。

「よい、そなたの身体に負担がかかる」

意外な彼の行動に、翠鈴は瞬きをして首を傾げた。彼は不調を感じ、翡翠の手を求めて、ここへ来たのではないのか？　なのに、どうして止めるのだろう？

「今宵は、そなたの顔を見に来ただけだ。寝ているなら、起こすつもりはなかった」

その言葉に、翠鈴はあることに気がついて、自分の腹部に手をあてた。

「あ……お世継ぎが、ここにいるからですね……。でも、大丈夫で……」

「違う」

劉弦が少し強く言葉を遮り、翠鈴を見つめた。

「翠鈴自身を私は大切に思っている。世継ぎも、翡翠の手も、関係ない」

「劉弦さま……」

思いがけない彼の言葉に、翠鈴は目を見開いた。まっすぐな眼差しに胸が打ち抜かれるような心地がして、熱い想いが胸に広がっていく。

考えるより先に口を開いた。

「光を消させてくださいませ、劉弦さま。身体に負担はかかりません」

劉弦が訝しむように目を細める。負担がかからないというのが本当か、測りかねているのだろう。

「私も……劉弦さまが大切でございます。劉弦さま自身が……」

今自分を満たしている熱い想いをそのまま口にすると、劉弦が手首を掴む手を放す。

翠鈴は手をかざして赤い光を消していく。

すべての光が消えた時、頬を大きな手に包まれた。

親指が唇をゆっくりと辿る。

それだけで、甘やかな吐息が漏れ出てしまいそうだった。あの夜のような荒れ狂う衝動ではなくとも、ただ触れてほしいと強く思う。

背中に回した手で彼の衣服をキュッと握ると、それが合図になったようだ。

ゆっくりと近づく彼の視線。

——唇に、彼の唇が触れたその瞬間、翠鈴の背中が甘く痺れる。喉の奥が熱くなって頭の中は幸せな思いでいっぱいになった。

劉弦の翠鈴に対する想いと、翠鈴の彼への愛情は、同じ種類のものではない。神が人を愛するなどあり得ないのだから。

だとしても。

それでいい、と翠鈴は思う。

彼が翠鈴を大切に思ってくれるなら、それだけで満足だ。

だって自分はもう、どうやっても彼を愛する前の自分には戻れない。彼を愛するこの想いと共に生きていくしかないのだから……。

唇が離れたのを寂しく感じて目を開くとすぐそばで彼が見つめている。

「劉弦さま……」

「翠鈴」

再び、ゆっくりと近づいて唇が触れ合う寸前で。

「つっ……！」

右脚の脛《すね》に刺すような痛みを感じて翠鈴は顔を歪める。

劉弦が眉を寄せた。

「いかがした？」

「なにかが脚に……」

翠鈴がそう言った時、劉弦が右手を暗い足元に向かって振りかざす。緑色の小さな炎があちらこちらであがった。

そのひとつを引き寄せて確認した劉弦が低い声で呟いた。

「毒蜘蛛《どくぐも》か」

同時に翠鈴を抱き上げ寝台へ寝かせる。蜘蛛に刺された翠鈴の脛を露《あら》わにして迷うことなく口づけた。

「りゅ、劉弦さま……！」

「動くな。毒を吸い出しているだけだ」

彼はそう言って床へ毒を吐く。そしてまた脛に口づける。何度か繰り返した後、控えの間へ行き寝ている蘭蘭を起こした。

「起きろ、翠鈴妃が毒蜘蛛に刺された。医師を呼んでまいれ」

「へ？　こ、へ、陛下……？　え？」

驚愕《きょうがく》した蘭蘭の声が聞こえる。寝ているところに誰かが現れただけでも驚きなのに、相手が皇帝なのだから無理はない。

「医師を呼べ、翠鈴妃が毒蜘蛛に刺された」

劉弦が繰り返す。

「毒蜘蛛に……翠鈴妃さまが！　は、はい！　すぐに呼んで参ります！」

蘭蘭が部屋を出ていく気配がした。途端に後宮内が騒がしくなる。蘭蘭が誰かを呼ぶ声と、複数の女官がバタバタと走る音がした。

「翠鈴、大丈夫だ。すぐに医師が来る」

劉弦が戻ってきた頃には、脚が焼けるように熱くなっていた。刺すような痛みに、翠鈴は恐ろしくなる。思わず腹部を守るように手をあてた。

「劉弦さま、私の脚を切り落としてください。お腹に毒が回る前に……！」

劉弦を見上げてとっさにそう声をあげた。

彼と自分の間にできた小さな命に、なにかあったらと思うと胸が張り裂けそうだった。そのためならば、脚を失ってもかまわない。

「大丈夫だ」

劉弦が寝台に腰かけて翠鈴を落ち着かせるよう抱き寄せた。

「この種の蜘蛛は刺されても患部が腫れるだけだ。熱が出ることもあるが、命を落とすことはない。子は大丈夫だろう」

そう言われて、翠鈴はホッと息を吐く。

同時に不思議な気分になった。つい先ほどまで、お腹に子がいることに戸惑い、生まれることを怖いとすら思っていたのに、毒蜘蛛に刺されたと知ったあの瞬間は、なににおいても守りたいと強く感じたのだ。

「よかった……」

呟くと、劉弦の手が額とお腹に添えられた。

「怖い思いをさせてすまない。翠鈴と子は、私が必ず守る」

厳しい表情で劉弦が言う。部屋の中に複数の毒蜘蛛がいたことを不審に思っているのは明らかだ。

「このようなことははじめてか？　以前にも同じようなことがあったのではないか？」

劉弦の問いかけに翠鈴は答えられなかった。

翠鈴とて、これが自然なことではなく誰かの差し金であることくらいはわかった。ここへ来てから受けた嫌がらせは数知れず。でも寝ている間に毒蜘蛛が放たれるなど、今までとは質が違っているように思える。

頭に浮かぶのは、昼間華夢の部屋の前で聞いたあの会話だった。

「翠鈴？　すべて私が対処するから申してみよ」

安心させるように劉弦は言う。

これ以上、ひどくなる前にそうしてもらうべきなのかもしれないけれど、芸汎の悲痛な声が頭に浮かび、翠鈴は口を噤んだ。

できそうにないことを期待されて、苦しむ彼女が、今の自分と重なった。翠鈴も皇后になることを望まれて、その重圧に苦しめられている。

「……心あたりはありません」

答えると、劉弦が眉を寄せる。この言葉が本心でないと見抜かれているのかもしれない。それでも彼は、それ以上追及しなかった。

部屋に蜘蛛が放たれた夜、翠鈴は熱を出した。蜘蛛の毒性が弱いのは劉弦の言った通りだったが、国の端から来た翠鈴には耐性がなかったからだ。とはいえ一時的なものので、お腹の子に影響はないと宮廷医師に言われ安心して眠りにつき、目覚めたらもう日が高かった。

「翠鈴妃さま、お目覚めになられたんですね。ああ、よかった！」

少しぼんやりとしたまま、身体を起こした翠鈴にそう言ったのは、洋洋だった。翠鈴の額に手をあてる。

「少し熱は下がりましたね。まだありますが……。まずはお水をお飲みください。蘭蘭、翠鈴妃さまの着替えの準備を。それから宮廷医師さまに翠鈴妃さまがお目覚めになられたことをお知らせして」

隣にいる蘭蘭にテキパキと指示をしていた。

「どうして洋洋がここにいるの？」

部屋を見回して、翠鈴は尋ねる。彼女が仕えているはずの芽衣の姿はなかった。

「翠鈴妃さまが熱を出されておられる間、お世話させていただく女官を増やすようにと陛下がおっしゃったのです」

洋洋が言い、蘭蘭が頷いた。

「でも、昨夜のことがありますから、信用できる者でないとダメだとおっしゃったので洋洋さんにお願いしたんです。陛下も芽衣妃さま付きの女官だと伝えたら安心されたようです」

それで翠鈴は状況を理解する。同時に申し訳ない気持ちになった。

「洋洋には芽衣がいるのに、ごめんね。芽衣にも謝っておかなくちゃ」

洋洋が首を横に振った。

「それには及びませんわ、翠鈴妃さま。芽衣妃さまはお部屋におられません」

「部屋にいないって……どういうこと？」

翠鈴は窓の外をちらりと見て問いかけた。もうずいぶんと日が高い。散歩の時間ではないはずだ。

すると洋洋は困ったように蘭蘭を見る。蘭蘭がためらいながら口を開いた。

「陛下が後宮中のすべての妃を中庭へお集めになられたんです。今皆さま、中庭へいらっしゃいます」

「すべての妃を中庭へ……？」

「はい。昨夜ここへ蜘蛛が放たれたことについての詮議を行うと……」

その言葉に、翠鈴は身体を起こした。

「大変……！　私も行かなくちゃ」

「翠鈴妃さまは、被害を受けられた方ですから、行かなくても大丈夫です！　まだ熱も下がっておりませんし」

蘭蘭が慌てて翠鈴を止めるが、翠鈴は首を横に振った。

「そうじゃなくて。このままじゃ、どなたかがお咎めを受けることになってしまう」

おそらく実行したのは芸汎だ。でも彼女は自分の意思でやったわけではない。

「翠鈴妃さまに危害を加えた方がお咎めを受けるのは当然ですわ、翠鈴妃さま」

少し厳しい表情で洋洋が言う。翠鈴に対する数々の嫌がらせを見てきた彼女は、犯人に対して憤りを感じているようだ。

やったことの咎めを受けるのはあたりまえ。

それはそうかもしれないが、それではあんまりだと翠鈴は思った。昨夜の劉弦の怒りを考えれば、お咎めは厳しいものになるだろう。

「私、陛下にお話ししなくちゃいけないことがある。蘭蘭、お願い……！」

蘭蘭が複雑な表情で頷いた。

「洋洋さん、私がお付き添いいたします。翠鈴さま、手を」

彼女の手を取り、翠鈴は寝台を出た。


中庭はものものしい空気に満ちていた。

皇帝の宮へ続く赤い扉を背に、厳しい表情の劉弦が椅子に座り、彼と少し距離を空けて、すべての妃が対峙する形で座っている。皆一様に不安そうだ。

翠鈴は蘭蘭に支えられて、劉弦と妃たちのいる中庭へ歩み寄った。劉弦が詮議するのを離れたところから窺う。

劉弦が皆に向かって口を開いた。

「昨夜の夜半過ぎ、翠鈴妃の寝所へ毒蜘蛛が放たれるという出来事があった。翠鈴妃は刺され療養中である。今から蜘蛛を放った者を探し出す」

妃たちがなぜ集められたのかを知り、その場がざわざわとなった。

華夢が手を上げる。劉弦が彼女を見て首を傾けると、立ち上がり口を開いた。

「翠鈴妃さまにお見舞い申し上げます。なれど陛下、蜘蛛はこの辺りにはたくさんおりますわ。部屋へ入り込み刺すこともございましょう。何者かが放ったと決めつけるのは早計では？　翠鈴妃さまはご懐妊中で、少し気が立っていらっしゃるのではないでしょうか」

ただの事故を翠鈴が大げさに騒いでいるのだと主張する。それを劉弦が一蹴した。

「翠鈴妃が刺された場に私もいた」

劉弦が答えると、その場がまたざわざわとなった。皇帝が夜に後宮の妃のもとに来ることがあり得ることとは知っていても、はじめてのことだったたからだ。

「蜘蛛は即座に始末したが、あの場には、少なくない数がいた。どう考えも不自然だ」

「……仮にそうだとしましても、後宮内で起こったことは、後宮内で収めるのが慣例にございます。陛下自ら詮議など大げさな……」

「あの場に私もいたと申しただろう。寵姫の寝所に皇帝がいるかもしれぬということくらい後宮の者ならば予測できたはず。翠鈴妃の寝所に毒蜘蛛を放つのは、私に対する反逆だ」

劉弦が言い切ると、その場が張り詰めた空気になる。翠鈴の部屋への嫌がらせは日常茶飯事だ。それが反逆だと言われて身に覚えのある者たちは、真っ青になっている。

「後宮の秩序に誰よりも心を砕くそなたも、黙ってはいられぬはずだ」

そう言って、劉弦が華夢を睨むと彼女は眉を寄せて口を閉じた。

劉弦が皆に視線を戻した。

「昨夜から今までの間に、秘密裏に後宮の人の出入りを確認した。そなたたちも知っているように後宮の警備は厳重だ。昨夜、日が暮れてからこの建物に出入りした者はいない。すなわち、蜘蛛を放った者はこの中にいるということだ」

劉弦の言葉に、一同息を呑む。それを一瞥してから劉弦が合図をすると、控えていた従者がひとりの女官を連れて現れた。女官は顔面蒼白で歩くのもままならないほどおぼつかない足取りだ。劉弦と妃の間まできて、玉座に向かって平伏した。遠目にもわかるほど、肩が震えている。

劉弦が、声を少し和らげた。

「そなたは、ここでは妃たちに従わねばならぬ立場にいる。正直に申せば、罪には問わない。あったことを申せ」

女官が蒼白の顔を上げて、恐る恐る口を開いた。

「昨日の夕暮れ、原っぱへ行き蜘蛛を二十ほど用意いたしました」

「それは、この種の蜘蛛か？」

劉弦が合図をすると、従者が彼女の前に蜘蛛の死骸《しがい》を指し示す。女官が頷いた。

「……はい」

「なるほど。そしてそなたはその蜘蛛をどうした？」

「や、夜半過ぎ、す、翠鈴妃さまの寝所の扉の下から放ちました……！」

気の毒なほど、震える声で女官が答える。

劉弦が頷き、間髪入れずに問いかけた。

「それはそなたの独断か？」

「い、いえ……！　ち、違います……。わ、私はそのようなこと、自らは……」

彼女はわなわなと首を振った。

「ではそなたにそうするよう指示した者がいるのだな？」

「は、はい……私は指示されて……」

「では、その者の名を申せ」

劉弦が命令すると、女官は沈黙した。女官の息遣いが聞こえてきそうなほど、その場が静まり返る。

女官が意を決したように口を開いた。

「わ、私が、指示を受けたのは……。芸汎妃さまにございます……！」

その場が、騒然となった。

もっとも翠鈴への嫌がらせについて、彼女が先頭に立ってしていたことは皆知っている。だから驚きというよりは、女官が妃を裏切ったことに動揺しているのだろう。

「あい、わかった」

劉弦が頷いて、そばに控えている梓萌に視線を送る。

「この女官は保護するため、後宮の役目から解く。別の働き先を世話するよう」

女官が涙を流しながら下がっていった。

「芸汎妃をこれへ」

劉弦が指示すると、妃の席に座っていた芸汎を従者が取り囲む。両脇を抱えられるようにして立たせた。

「華夢妃さま……」

彼女は、か細い声で華夢に向かって助けを求めるが、華夢は彼女を見なかった。

劉弦の前に引きずり出された芸汎は、もはや口もきけないほど顔色を失っている。

翠鈴の胸が締めつけられた。

劉弦が問いただす。

「芸汎妃、翠鈴妃の寝所に蜘蛛を放つよう女官に指示したのはそなたか？」

「わ、私は……」

芸汎が翠鈴への嫌がらせを繰り返していたのは後宮内の誰もが知るところ。女官の証言もある以上言い逃れはできない。

「私は……」

芸汎が振り返り、華夢を見た。芸汎が華夢の腰巾着で常に華夢の意思によって行動している、それもまた皆知っていることだった。

劉弦が彼女の視線を追って、問いかけた。

「そなたもまた、誰かに指示されたのではないか？　正直に申してみよ」

「私は……」

芸汎は口を開こうとするが、怯えすぎてうまく言葉が出てこないようだ。

「わ、私は……」

「残念だわ、芸汎」

華夢が立ち上がった。

「あなたが、ご実家から陛下の寵愛を受けられないことを責められているのは知っておりました。それについて胸を痛めておりましたが、だからといって、こんな卑怯な真似をするなんて。許されることではありません」

そう言って、汚らわしいというように芸汎を見た。

芸汎が目を見開いた。

「華夢妃さま……」

唇が震えている。その目が絶望の色に染まるのを見て、翠鈴の胸は締めつけられた。

今この瞬間に彼女は信じていた相手から切り捨てられたのだ。

「私は、華夢妃さまが、お、おっしゃった通りに……」

完全に裏切られたことを悟った芸汎の口からようやく言葉が出はじめる。それを華夢は遮った。

「私が？　私が指示したというの？　蜘蛛を翠鈴妃さまの寝所へ放つようにと、私が言ったっていうの？」

芸汎が言葉に詰まった。そうだとは言えないのだ。

それは昨日、華夢との会話を聞いていた翠鈴にはわかった。華夢はただ彼女に、生ぬるいことをするなと言っただけだ。

「そ、それは……」

「言いがかりはやめてちょうだい。往生際が悪くてよ。自分でやったことの罪は自分で償いなさい」

「そんな、華夢妃さま……！」

耳を塞ぎたくなるようなふたりのやり取りに、翠鈴は腹の底から怒りの感情が湧き起こるのを感じていた。あんなに頼りにされていた相手をこんなに簡単に切り捨てるなんて、これが教養のある者のすることだろうか。

なにが一の妃だ、なにが皇后候補だと思う。

「あなたたち、早く芸汎妃を連れていきなさい。しかるべき罰を受けさせるように」

勝手に事態の幕引きをはかろうと、従者に指示をする華夢を、劉弦が止める。

「待て。まだ結論は出ておらん」

その言葉を聞いたと同時に翠鈴は床を蹴る。従者に脇を抱えられている芸汎と劉弦の間に駆け出した。

「お待ちください！」

芸汎を背にして、劉弦に向かって腕を広げた。

「芸汎妃さまに、蜘蛛を部屋へ持ってくるようにお願いしたのは私です！」

熱がある状態で勢いよく駆け出したことに身体が耐えられず、ぐらりと体勢を崩してしまう。

「翠鈴!!」

劉弦が立ち上がり翠鈴を抱きとめた。

「寝ているように言っただろう！」

珍しく声を荒らげる劉弦に、翠鈴は訴えた。

「芸汎妃さまが罪に問われるのをそのままにしておくわけにはいきません！」

劉弦の服を握り翠鈴はかぶりを振った。

「昨夜は叱られるのを恐れて本当のことをお伝えできなかったこと、お許しください。芸汎妃さまに、蜘蛛を部屋へ持ってくるようお願いしたのは私です」

駆け出しながら頭に浮かんだことを一生懸命口にした。

芸汎に命じたのは間違いなく華夢だが、それを訴えたところで彼女は絶対に認めないだろう。実際、具体的なやり方を口にしていなかったのも事実だ。このままでは芸汎が断罪されてしまう。

皇帝への反逆罪は、流刑あるいは死罪だ。

「あの種の蜘蛛は干して飲めば、身体の浮腫《むくみ》を取る良薬になります。毎日散歩をする貴人の方々の中には足が疲れる方もいるようですから、差し上げようと思ったのです。瓶に入れて蓋をしたつもりでしたが、重石を置くのを忘れていました。それが逃げ出してしまったのです！　陛下、芸汎妃さまに罪はありません。どうか、どうか……！」

そもそもが作り話なのだ。熱のある頭では順序立ててうまく説明できなかった。嘘をつくのはよくないとわかっている。それでもこうせずにいられなかった。

できそうにないことを期待されて、押しつぶされそうになり、もがいていた彼女の気持ちは痛いほどよくわかる。どうすればいいかわからないままに、間違った道に足を踏み入れてしまったとして、それを責める気にはなれなかった。

崩れ落ちそうになる翠鈴を危なげなく支えて、劉弦は逡巡している。翠鈴の言うことが事実でないとわかっているのだろう。

翠鈴は、思いを込めて、漆黒の瞳を見つめた。

「劉弦さま」

劉弦が息を吐いて目を閉じた。そして、腰が抜けたように床にへたり込み、唖然としている芸汎に向かって問いかけた。

「芸汎妃、今の話は真実《まこと》か？」

芸汎が翠鈴を見る。なにかの罠《わな》かと疑っているのかもしれない。安心させるように頷きかけると、その目に涙が浮かぶ。そしてその場に平伏し頭を床に擦りつけた。

「す、翠鈴妃さまのおっしゃる通りにございます……！」

翠鈴が劉弦を見上げると、劉弦が仕方ないというように息を吐いた。

「……ならば、誰も罪に問うことはできぬな」

その言葉に、その場の空気が緩んだ。

劉弦が一同を見回し、最後に華夢に視線を送り、口を開いた。

「だが、翠鈴妃の身体には私の子がいることを忘れぬよう。彼女への無体な振る舞いは私への反逆とみなす」

　華夢はその劉弦から目を逸らすことなく見ていた。

　貴妃たちが顔を見合わせている。

　今回の件をどう捉えるべきか測りかねているようだ。

　なにはともあれ、悲しい結末にならずに済んだと安堵して、翠鈴の身体から力が抜ける。無理をしたせいで熱が上がってしまったようだ。熱い息を吐く翠鈴を劉弦が抱き上げた。

「今回のことは私の思い違いにより騒ぎを大きくしてすまなかった。皆、解散するように」

　そう言い残して、中庭を横切り翠鈴の部屋へ行く。妃たちが心配そうに見ていた。


「あれで、よかったのか？」

　窓の外はとっぷりと日が落ちて夜空に月が輝いている。寝台に寝ている翠鈴の頭を、劉弦が撫でて問いかけた。

　詮議の後、劉弦に抱かれて部屋へ戻った翠鈴はまた眠りに落ちた。どうやら劉弦も一度は執務に戻ったようだが、日が落ちてから翠鈴が再び目覚めた時はそばにいた。

「毒蜘蛛に刺されたのは翠鈴だ。翠鈴の思う通りにしてやりたいと思ったのだが」

やはり彼は翠鈴が芸汎を庇ったことを見抜いていたのだ。それでも翠鈴の気持ちを思い、今回の件は不問に付した。

また熱がぶり返している熱い頭で、少しぼんやりとしながら翠鈴は口を開いた。

「ここのお妃さま方は、皆悲しい存在のように思います。働かずとも食べるに事欠くことはないけれど、劉弦さまの寵愛を受けることのみを目的として生きる定めなのですから。互いに嫉妬して、足を引っ張り合うのも無理はありません」

こんなこと、彼に言うべきではないという考えが頭の片隅に浮かぶ。でも熱を持った思考で、口が止まらなかった。

「私も劉弦さまの子を身籠らなければ、どのような心持ちになっていたかわかりません」

彼女たちと自分は背中合わせだと翠鈴は思う。この美しくて頑丈な鳥籠に閉じ込められて、寵愛を受けない鳥は意味のない存在だと言われ続けたら、芸汎のように道を踏み外してもおかしくはない。

自分がそうならないという自信はなかった。

「翠鈴は、彼女たちをどうするべきだと考える？」

劉弦からの問いかけに、翠鈴はしばらく考える。頭に浮かんだ考えは少し罰あたりなことだった。彼に向かって口にするべきではない。

でも今日のようなことを繰り返さないために、悲劇を生まないように思い切って口を開いた。

「彼女たちが望むなら、故郷へ帰らせてほしいと思います。自由に生きるのが、人の幸せだと思います」

劉弦は、静かな眼差しで翠鈴を見ていた。

「寵を争うだけの一生は、幸せとは思えません。ましてやここでその望みが叶《かな》うのはほんのひと握りの者だけ。……芸汎妃さまは、ご実家から寵愛を受けられないことをひどく責められていたそうです。それで思い余ってあんなことを……。私も芸汎妃さまのお気持ちが、少しわかるような気がします」

「翠鈴が？」

劉弦が撫でていた手を止めた。翠鈴は唇を噛み、声を絞り出した。

「私、皇后さまになる自信がありません」

目を閉じて、翠鈴はここのところずっと考えていたことを口にした。

「劉弦さまだけでなく、貴人の皆さまも私に皇后さまになってほしいとおっしゃいます。私はお世継ぎを身籠りはしましたが、ただの村娘です。教養も後ろ盾もありません。恐れ多くて……。できそうにもないことを期待されて苦しまれた芸汎妃さまのお気持ちが……」

「翠鈴」

名を呼ばれて目を開くと、劉弦が柔らかな笑みを浮かべていた。

「皇后に必要なのは、教養でも後ろ盾でもない」

「劉弦さま……？」

「少なくとも私は、私の皇后にそのようなものを求めない。皇后に必要なのは他者を思う温かい心。翠鈴、そなたそのものだ」

劉弦の大きな手が、翠鈴の頬を優しく撫でた。

「皆がそなたを皇后にと願うのは、そなたにはその心があるためだ。世継ぎを宿したからではない。なにも気負わずそのままのそなたでいればいい」

「そのままの私で……？」

そのままでいいという言葉に、翠鈴は目を見開いた。意外すぎる言葉だった。

「ああ、翠鈴には皆を思う心がある。だからこそ皆そなたを好きになるのだ」

そう言って彼は、部屋の隅に山積みになっている見舞いの品に視線を送った。すべて、熱を出した翠鈴を心配した妃たちからのものだ。貴人たちだけではなく貴妃たちからのものもある。しかも一番先に届けに来たのは芸汎だという。

「夕刻、私がこの部屋へ来た時は、まだ部屋の前に列ができていた。皆翠鈴が心配で具合はどうだと女官に尋ねるから、女官が往生していた。私から大丈夫だと説明してようやく安堵して皆自分の部屋へ戻った」

その時のことを思い出したのか、劉弦がくっくっと肩を揺らして笑った。

「あ、ありがたいです……」

驚きつつ翠鈴は答えた。

その頃、翠鈴は熱が上がっていて夢の中。よもや部屋の前でそのようなことが繰り広げられていたとは知らなかった。

「国を治めるには常に民を思うことが必要だ。私は翠鈴に出会い、その気持ちを取り戻した。私が末長くこの国を治めるために、翠鈴にそばにいてほしい。私の皇后は翠鈴しかいない」

まっすぐな言葉に、翠鈴は、胸の中の重たいものが少し軽くなるのを感じていた。恐れ多いことであるのは変わらないけれど、彼とならばやれるかもしれないという思いが生まれる。

「皇后になることが、そなたにとって重荷だということはわかっている。その代わりにはならぬが、私は生涯そなたを唯一の妃とすることを約束する」

「私、ひとりを……？」

これも意外すぎる言葉だった。

彼が翠鈴を大切に思ってくれているとは知っていた。でもそれはたくさんいる妃の中のひとりとして。他の妃はいらないとまで彼が言うとは思わなかった。

「ああ、私の妃は翠鈴ひとりとし、他の妃は故郷へ帰そう」

「故郷へ……？　いいのですか？」

彼の口から出た驚くべき言葉に翠鈴は目を見開いた。さっき自分で口にしたことだがまさか実現するとは思わなかった。

「もちろん今すぐというわけにはいかない。私に皇后がおらず世継ぎもいない状況では民が不安になるだろう。翠鈴が世継ぎを生み、立后したその後に」

「私が皇后さまになれば……」

翠鈴は呟いた。まだ自信はない。けれどそうすれば、この悲しい争いに終止符を打つことができるのだ。

目の前が明るくなるような心地がした。

水凱国すべての民を思う。そこまでの気持ちが自分にあるかはわからないが、少なくとも目の前の彼女たちのことは大切だ。

「劉弦さまは、私にできるとおっしゃるのですね」

信じてみようかと翠鈴は思う。愛おしいこの人の言うことを。

劉弦が、身を屈めて翠鈴の熱い額に、自らの額をくっつけた。

「この国を末長く平穏に治めるのが私の定め。もはやそれに迷いはないが、それには翠鈴が必要だ。私の皇后になってくれ」

至近距離で自分を見つめる漆黒の瞳に、翠鈴の胸は熱くなる。彼とならば、その道を歩んでいけると確信する。

まだ少し怖いけれど。

「はい、劉弦さま。私を劉弦さまの皇后にしてください。生涯を共にいたします」

言葉に力を込めて翠鈴は言う。

もう、迷わない。

「ありがとう」

そして熱い口づけを交わす。心地いい幸せな思いで、翠鈴は目を閉じた。

唇を離して髪を撫で、劉弦が囁いた。

「私は翠鈴にそばにいてほしいと願う。そなたに出会ってから、私はこの想いの正体を探していた。神である私と人であるそなたを繋ぐ想いは、一筋縄ではいかないはず……。だがそうではなく単純なものだった。私はそなたが愛おしい。愛おしく思う唯一の存在なのだ」

神である劉弦が紡ぐ、人と同じ愛の言葉。

――だがそれは、すでに眠りに落ちていた、翠鈴の耳には届かなかった……。

第五章　宿命の妃

布を敷いた寝台の長椅子に横たわる妃の身体に転々と光る赤い光、そこ中心に翠鈴は揉みほぐしていく。

「胃の腑が疲れているようです。食事には気をつけてください。青菜を中心に食べると調子がよくなります」

最後にそう助言をして翠鈴は施術を終える。隣で蘭蘭が茶を差し出した。

「薬湯です。お飲みください」

「ありがとうございます。食べすぎなのは自分でもわかるんですけど。後宮《ここ》はご飯が美味しいからついつい食べすぎてしまいます。調理場に言って減らしてもらおうかしら？」

「食べる量を制限するのはあまりよくありません。どちらかというと身体を動かすことを意識してくださいませ。ぜひ朝夕の散歩に参加を」

翠鈴が言うと薬湯を飲み終えた妃は、素直に頷いた。彼女は貴妃で、今までは散歩に参加していない。

「わかりました。ふふふ、でも散歩じゃなくて、本当は私走る方が好きなんですよ。はしたないと言われてここへ来てからはしてませんが、実家では弟よりも速くて、父からは男だったらよかったのにって言われていたくらいなんです」

「あら、意外です」

翠鈴が言うと、妃はにっこりと笑った。

「誰にでも特技はあるものですわ。翠鈴妃さまこそ、このように得意なことがおありになるなんて思ってもみませんでした」

「私のは、生きるための術です」

話しながらふたりは、部屋の外へ出る。

「それにしても翠鈴妃さまに施術をしていただくとそれまでの不調が嘘みたいに身体が軽くなるんですね。本当は、翠鈴妃さまこそが、翡翠の手の使い手なんじゃないかって他の皆さまとお話ししていたくらいなんですよ」

ズバリのことを指摘されて、翠鈴はどきりとした。もちろん彼女は冗談として言っているのだが。

「ま、まさか……。あり得ないことです。恐れ多いですわ」

ごまかすためにそう言うと、妃は少しムキになった。

「でも、翡翠の手の使い手は陛下の宿命の妃と言うじゃありませんか。実際、陛下のご寵愛を受けられているのは翠鈴妃さまですし……」

とそこで、なにかに気がついたようで気まずそうに口を噤む。翠鈴の部屋の向かい側、一の妃の部屋から華夢が出てきたからだ。一番聞かれてはならない相手だ。

以前ならこんなことがあったら華夢は黙っていなかったはずだ。でも今はこちらを軽く睨んだだけで、女官を連れてどこかへ去っていく。

「ではまた……」

妃がホッと息を吐いて、自分の部屋へ戻っていった。

翠鈴はそのまま、遠ざかる華夢の背中を見つめた。

芸汎の一件からひと月が経った。

あの夜は熱を出した翠鈴だが、その後は問題なく回復し、体調も万全になった。食欲も戻り、ここのところなにを食べても美味しく感じられる。どうやら赤子もすくすく成長しているようで、お腹も少し膨らみだした。

身体を動かすことは、懐妊中もよいことという蘭蘭と宮廷付き医師の助言を受けて、散歩も再開して他の妃たちとの交流を楽しんでいる。

散歩には、貴人たちだけでなく貴妃たちも参加するようになった。翠鈴が芸汎を庇った一件がきっかけになったのは間違いない。

芸汎が翠鈴にしていた嫌がらせは華夢の意思だというのは、後宮中の者が知っていた。それまで散々彼女を思うままに操っていたのに、簡単に切り捨てたところを皆見ていたのだ。あの日から貴妃たちは、華夢を立てるのをやめて、翠鈴と貴人たちと交流するようになったのだ。

そしてある日の散歩終わり、腰のあたりが赤く光っているひとりの妃に気がついて翠鈴は施術をした。それをきっかけに、毎日時間のある時に、身体に不調を抱える後宮内の妃たちを部屋で診るようになったのである。

これは翠鈴としてもありがたいことだった。指圧の腕が鈍らぬよう蘭蘭や芽衣の身体を借りて施術は続けてはいたものの、若くて健康なふたりは、あまり練習台にはならなかったからだ。

翠鈴の診療室は、今や妃たちに大人気である。毎日行列を作るので、蘭蘭が張り切って一日に五人までと決めて表を作って管理している。予約はひと月先までいっぱいだ。

部屋へ戻ると、蘭蘭が施術する時に使っている敷布を畳んでいた。

「本日のお方は、先ほどのお妃さまでお終いにございます」

「あら？　まだあと三人診るんじゃなかった？」

翠鈴が言うと、蘭蘭は首を横に振った。

「本日はこれから、翠鈴妃さまが宮廷医師さまの診察を受けることになっております」

そういえばそうだったと思い出して、翠鈴は自分の寝台に座る。そして先ほどの華夢を思い出した。

「蘭蘭、華夢妃は毎日どこへ行かれているのかしら？」

ここのところ彼女は毎日どこかへ出かけている。それが翠鈴は気になった。

蘭蘭が手を止めた。

「女官長さまの話ではご実家に行かれているそうですよ」

「ご実家に？　そうなの……」

後宮の妃たちはそう頻繁に実家に帰ることは許されない。そもそも実家が遠い場所にある妃がほとんどだ。でも宰相の娘である彼女の実家は宮廷のすぐそばにある。また、翡翠の手の持ち主としてある程度の自由が許されているようだ。

「ご実家にあんなに頻繁に戻られるということは、やっぱり後宮《ここ》に居場所がないのかしら？」

「そうですね……。でも仕方がないですよ。あんなことがあった以上、皆さまお近づきになりにくいですから」

中庭での出来事を見ていた蘭蘭が言う。翠鈴としてもそれはまったく同意見だった。芸汎に対して彼女がしたことは、簡単に許されることではない。一時期は、後宮の中心にいた彼女が、今は完全に孤立している。なにか嫌なことが起こりそうな予感がして、それが翠鈴は心配だった。

「お腹の子は順調にございます。たくさん食べて、適度に身体を動かしてください」

お腹の子の診察は、翠鈴の部屋へ医師が訪問する形で行われる。

翠鈴の身体をひと通り確認した女性宮廷医師の言葉に、翠鈴はホッと息を吐いた。

「もう少ししたら、お腹の中で子が動くのがわかるようになりますよ」

「よかった……」

「え？　もうですか？」

医師の言葉に、腹部を出していた衣服を整えていた翠鈴は、驚いて手を止める。村でも赤子が生まれることはよくあった。お腹が大きくなった後は、外からでも赤子が動くのがわかったけれど、こんなに早くわかるとは思わなかったからだ。

医師がにっこりと微笑んだ。

「ええ、まだ外からはわかりませんが、母親は感じます。ポコポコと中から叩くような感じがしたらそれがそうです」

「ポコポコと……」

お腹に手をあてて翠鈴は呟いた。想像するだけで胸が温かいもので満たされる。その時が楽しみでたまらなかった。

懐妊が発覚してからの翠鈴は、お世辞にも安静にしていたとはいえない。そんな状況で元気に育っているか不安は尽きないけれど、少なくとも動いてくれれば安心できるだろう。

こんな風に思えることが嬉しかった。

子がお腹にいると知った時は、それによって変わってしまった自分自身の運命に悲観して、出産を怖いとすら思ったのに。今は健やかに生まれてくることを楽しみにしている。

他でもない子の父親である劉弦と生涯を共にする覚悟ができたからだ。今は世継ぎを生むという重圧よりも、彼と自分の子が生まれるのだという喜びに満たされている。

「ではまた三日後の同じ時間に参りますので……」

そう言って医師は、片付けをはじめる。が、部屋の外が騒がしいことに気がついて手を止めた。

「どうしたのでしょう？」

「なにかあったのでしょうか？」

翠鈴も首を傾げ、そう呟いた時。

「翠鈴！」

少し息を切らして、劉弦が入ってきた。

純金の糸で刺繍が施された黒い衣装の執務中の格好だった。

「りゅ……陛下!?」

翠鈴は、目を丸くして声をあげた。

毒蜘蛛の一件以来、ふたりは夜を翠鈴の部屋で過ごしている。翠鈴が皇帝の寝所へ行くために肌寒い夜に長い廊下を歩くのを、彼が嫌がったからだ。夜、執務が終わったら、彼の方が翠鈴の寝所へやってくるのは、もはや誰もが知るところで後宮に彼の姿があることには皆慣れた。けれど、昼間にやってくるのは珍しい。

先ぶれがなかったため、蘭蘭があたふたと玉座代わりの椅子を持ってくる。それを断り、彼は寝台に座る翠鈴の隣に腰を下ろした。

「陛下、執務中では……？」

尋ねると、大きな手で翠鈴の髪を撫でた。

「午前中の分は急ぎ終わらせた。今日は翠鈴の診察の日だと聞いていたから。気になったのだ」

診察に立ち会うために来たのだと言う劉弦に、翠鈴の頬が熱くなった。

一方で女性医師は眉を寄せる。診察中に、先ぶれもなく部屋へ入ってきたことに苦言を呈する。

「陛下……。お産の診察中にございますよ。お産は女人の仕事と古来から決まっております。陛下といえども診察に立ち会うなど……」

彼女は宮廷でも堅物として知られている。相手が皇帝とはいえ、お産のことに関しては黙っていられないのだろう。母親の身体が第一ということだ。

彼女の言う通り、水凱国の伝統ではお産に男性は手を出すべきではないとされていまえだ。出産は、本人の母親や産婆たちの領域で、子の父親は蚊帳《かや》の外というのがあたりまえだ。

だが劉弦は意に介さない。

「子と翠鈴が健やかであるかどうかは、今の私にとって最大の関心事だ。古来からの決まり事などどうでもいい」

決まり事などどうでもいいと言い切る劉弦に、医師が面食らったように瞬きをする。

国の決まり事を重んじて政を行う皇帝の姿とはやや外れる発言だ。

「な、なれど、翠鈴妃さまとお世継ぎに関するご報告は、毎回この後、玉座の間にてきちんと……」

「それよりも早く知る必要があったのだ」

そう言って彼は、優雅に微笑んだ。その笑みに、もうなにを言っても無駄だと思ったのか、医師がため息をついて頭を下げる。

「翠鈴妃さまのお身体は健やかにございます。お世継ぎもまったく問題なく健やかにお育ちにございます」

それに劉弦が安堵したように頷いた。

翠鈴も追加で嬉しい報告をする。

「もう少ししたら、お腹の中で赤子が動くのがわかるようになるそうです。そしたら、私にも子が元気だとわかるので嬉しいです」

「子が動くのがわかるのか？」

劉弦がさっそく翠鈴を抱き寄せてお腹に手をあてて、首を傾げた。

「今は動いていないようだが」

「陛下、まだ外からはわかりませんよ。母親にわかるだけです。外からわかるようになるのはもう少し先です」

医師が、また少し驚いたように言う。こんな風に早合点するのも、普段の劉弦の姿とはかけ離れている。

「そうか」

少し残念そうにするその姿に、翠鈴はくすりと笑ってしまう。国を治める皇帝であり、龍神さまと崇められている彼のこのような姿を誰が想像できるだろう。

「動いた時は、一番に劉弦さまにお知らせします」

劉弦を落胆させないようにそう言うと、彼はにっこりと微笑んで、翠鈴を見た。

「必ずだぞ」

「で、では、私はこれで」

医師が、気まずそうに咳払いをして片付けをし、そそくさと帰っていく。

蘭蘭もにんまりと笑って、後に続いた。

ふたりきりになった部屋で、翠鈴は口を開いた。

「お世継ぎが健やかかどうかは、政にも影響しますからね」

医師と蘭蘭は別の意味に捉えたようだが、世継ぎの誕生は民の最大の関心事。彼が執務を抜けてまで、確認しに来たとしても不思議でないと思う。

だがそれに劉弦は、首を横に振った。

「政は関係ない。私と翠鈴の間にできる子だから心配なのだ。誕生を心待ちにしている」

甘い声音とまっすぐな言葉に、翠鈴の胸は高鳴って、幸せな思いでいっぱいになる。たとえこれが愛情でなくても、彼が自分を大切にしてくれるだけでいいと思えるようになったからだ。

でも翠鈴がこう思えるようになったのは、もうひとつ理由があって……。

——あの夢のおかげ。

翠鈴は心の中で呟いた。

毒蜘蛛に刺されて熱に浮かされていたあの夜に見た幸せな夢である。劉弦が頭を撫でて『私はそなたが愛おしい』と言ってくれたのだ。

もちろんそれは夢の中の出来事で、現で言われたわけではない。でもまるで本当に言われたかのように、甘く耳に残っていて、思い出すたびに幸せな気持ちになる。

「さて、報告を聞いたら安堵した。私はまた執務に戻る」

そう言う劉弦を、名残惜しい思いで翠鈴は見つめた。

「あまり無理をなさりませんよう」

そう言って、彼の耳のあたりの赤い光に手をかざす。光が消えると劉弦が心地よさそうに翠鈴の手に頬ずりをした。

「午後からは、皇后の選定の儀だ」

「皇后さまの？」

「ああ。本当は、子が生まれてから議題にあげるつもりであった。その方が家臣たちには受け入れられやすいからな。だがそれより早く、家臣たちより翠鈴を推挙するとの進言があったのだ」

そう言って劉弦は、心あたりがあるだろう？というような目で翠鈴を見た。

翠鈴は以前、貴人の妃たちが〝皇后は翠鈴がいいと父親に言う〟と言っていたことを思い出した。あの時は、ただ重たく感じた言葉だが、彼の皇后になる決意をした今は心強くて嬉しかった。

「でも、まだ世継ぎが生まれていないのにすんなりいくでしょうか」

「……まぁ、無理だろう。少なくとも黄福律は反対する。宰相で力もある奴が反対している限り強行するわけにはいかないな。国が乱れ、ともすれば内戦になりかねない」

「内戦に……」

恐ろしい言葉に、翠鈴はぶるりと震えた。

「劉弦さま、無理はなさらないでください。私は、早く皇后さまになりたいと思っているわけではありません」

国の平穏と、故郷の村の人たちの幸せ、後宮の妃たちの明るい未来。望むものはたくさんある。でもそのために、なにかを犠牲にするのは嫌だった。

劉弦が微笑んだ。

「私としては翠鈴を早く私の皇后にしたい気持ちはあるが、国が乱れぬように皆が納得する形を模索する。だが、黄福律に関しては……」

そこで言葉を切って難しい表情になった。

彼は最後まで言わなかったが、翠鈴にその続きはわかった。

——おそらく説得は難しいだろう。

それは、彼の娘の華夢を見ていればわかることだった。皇后になることを使命として生きてきたであろう彼女を……。

先ほどの華夢の後ろ姿が目に浮かび、翠鈴の胸が痛んだ。

翠鈴が皇后になり、後宮の妃たちが自由になれば、彼女たちには明るい未来が訪れると確信している。

でも華夢に関しては、どうしてもそう思えないのがつらかった。

　翠鈴を皇后へ推挙するとの家臣からの進言を受けて開かれた評議の場は、白熱した議論が交わされていた。

「翠鈴妃さまは、後宮の妃たちにも慕われているご様子、妃たちに皇后さまを選ぶ権利はないが、実際に後宮を取りまとめられるのは皇后さま。彼女たちの意見は重んじるべきかと」

「ですが皇后さまは、場合によっては、政にも携わることのあるお立場です。それだけでは……」

　玉座に座る劉弦にとっては、概《おおむ》ね予想通りの展開だった。

　皇后は、常にその座にいるわけではない。龍神である皇帝と人の子である妃の間には、生きる期間に差があるためだ。だが国の安定のためにはいた方がいいのは事実だった。

　民に慕われる皇后と、世継ぎがいれば民は安心する。だからこそ皇帝の寵愛のみで決めるわけにいかないのだ。多数の家臣の了承を得ることが必要とされる。

「陛下、陛下のご意見を伺いたく存じ上げます」

　意向を尋ねられた劉弦はちらりと黄福律に視線を送る。彼は気持ち悪いくらいに無表情だった。

とりあえず劉弦は自らの思いを口にする。

「私は、私の皇后に翠鈴妃を所望する。彼女には他者を思う心がある。これこそが皇后にとってなくてはならぬものだ」

その言葉に、ある者は納得し、ある者は懐疑的な表情になる。

黄福律は相変わらず眉ひとつ動かさなかった。

ある家臣が心配そうな表情で口を開いた。

「ですが、言い伝えでは翡翠の手の使い手であり宿命の妃とされる方が皇后になられれば国が栄えるとあります。そうではない方が皇后さまになられると、民が不安になりませぬか？」

翡翠の手の使い手は皇帝にとって必要不可欠な存在だというのがこの国の常識で、だからこそ華夢が皇后になることが当然とされてきた。

「宿命の妃か……。黄福律、そなたの意見は？」

劉弦が水を向けると、彼はしばらく沈黙してから口を開いた。

「お世継ぎをお生みになられる翠鈴妃さまを皇后さまにと推す者がいるのは道理にございます。ですが翡翠の手の使い手が陛下のおそばにいられなくては、民は不安がりましょう」

「翡翠の手の使い手、……華夢妃のことだな」

劉弦が確認するように言うと、彼は劉弦の目をジッと見て頷いた。

「私どもの家に伝わる古文書には、代々翡翠の手は黄家の娘に引き継がれる、歴代皇帝の皇后さまは皆翡翠の手をお持ちだったとあります」

彼の言葉に、何人かの家臣がヒソヒソと囁き合う。

「やはり、前例通りにいくのがよいのでは？」

「ご寵愛はまた別だ」

彼らをちらりと一瞥し、黄福律が挑むように劉弦を見た。

「むろん、陛下のお気持ちを第一に考えるべきにございますから、ご寵愛の深さのみに従って皇后さまをお決めになられたとしても、臣下としては従うしかございません」

『寵愛の深さのみ』という部分に力を込めて、わざと挑発するように彼は言う。民を不安に陥れ国を乱しても自らの思いを貫くのかと、暗に言っている。

皇帝に向かって宰相が不遜《ふそん》とも取れる言葉を口にしたことに、その場の空気が凍りつく。家臣たちが不安そうにふたりを見比べた。

劉弦はため息をついた。

「民を不安にしてまでも私は結論を急ごうとは思わぬ。この議題は後日へ持ち越す」

今出せる結論を出し、劉弦は立ち上がり家臣を見回した。

「だが、翠鈴妃を皇后にという私の思いは変わらぬ。彼女は皇后に相応しい唯一の女人だ。いずれはそなたたちも、それを認める時がくるだろう」

そう宣言する劉弦を、黄福律が鋭い目で見ていた。

夜半過ぎ、自室の寝台にて翠鈴は目を覚ます。隣に、劉弦がいないのを確認して自分自身に呆れてしまう。毎夜ふたりは同じ寝台で寝ている。そのことに慣れすぎて、隣にいないだけで寂しくて目覚めてしまうのだ。

今夜彼がここへ来られなかったのは、国の端で嵐を伴う雷雲が発生したからだ。深刻な事態にならないよう念のため現地へ行くと伝言をもらった。だから彼が来ないのはわかっていて眠りについたというのに、たったひと夜のことでも寂しく思う自分がおかしかった。

寝台を出て窓際に立ち、布幕をそっと開ける。彼に会えないのは仕方がないけれど、せめて彼を彷彿とさせる月を目にしようと思ったのだ。

でも残念ながら窓の外に月は浮かんでいなかった。

翠鈴はしばらく考えてから寝所を出る。控えの間で気持ちよさそうに寝息を立てている蘭蘭のそばを通り部屋を出た。

今が何刻かはわからないが月が傾いているのだろう。中庭からなら見られるかもしれない。

途中廊下で、人の話し声がするのを耳にして足を止める。首を傾げながら行ってみると、普段から人が行かない廊下の突きあたりに、華夢と彼女の父親、黄福律がいた。

「わざわざなんだ？　このような場に呼び出して」

黄福律が不機嫌な声を出した。

「お父さまは、いつも屋敷にいらっしゃらないじゃないですか。私の部屋は女官がおりますし」

「……で、話とはなんだ？」

秘密めいたふたりのやり取りに、翠鈴の胸がひやりとする。人目を憚る黄親子の話が、穏やかな内容でないのは確かだった。

「お父さま、どうにかしてください！　このままではあの女が皇后さまになってしまいます。もうすでに後宮内では、あの女で決まりという雰囲気なんですよ。私、そんなの耐えられない。お父さまは宰相でいらっしゃるんだから、その力で早く私を皇后さまにしてください」

華夢が苛立った声で訴える。なるほど、ここのところ彼女がしょっちゅう実家に帰っていたのは、後宮にいたくないからという理由の他に、父親にこのことを言いたかったからなのだ。

福律が苦々しげに口を開いた。

「政はそのように単純なものではない。そもそもの原因は、お前があの小娘に先を越されたからだろう？　翡翠の手の使い手であり宿命の妃でありながら、陛下の寵愛を受けられなかった自分を恥じよ」

「それは……」

父親からの冷たい言葉に華夢は口ごもる。そこへ福律は畳みかける。

「陛下は今珍しいおもちゃに夢中になっていらっしゃるだけのこと、そのうちに飽きるだろう。そしたら今度こそ陛下の寵愛を勝ち取るのだ。そうすればすべてがうまくいく」

「でも……」

華夢は自信なさげに言って沈黙する。

はっきりと返事をしない華夢に、福律が舌打ちをした。

「使えん娘だ。今まで最高の教育を施したというのにすべて無駄にしやがって！　だがそうだな……」

そこで言葉を切って思案する。しばらくしてなにかを思いついたように口を開いた。

「私に考えがある。成功すればお前は永遠に陛下の皇后でいられるだろう」

「お父さま、本当ですか？」

父親からの言葉に華夢が弾んだ声を出した。

「ああ、だからお前は私の言う通りにするのだ。詳細は追って伝える」

「わかりました、お父さま」

その言葉を聞いて、翠鈴は慌ててその場を後にした。

足音を立てないようにして、自分の部屋の寝所へ戻り、心を落ち着けるため窓の布幕の間から月のない夜の空を見上げた。

鼓動が不吉な音を立てていた。福律が口にした『考え』がいったいどのようなことなのか、見当がつかなくて不安だった。なにかとても嫌な予感がした。


地方から戻り翠鈴と再会し彼女の部屋で一夜を過ごした次の日の朝、劉弦を迎えたのは、家臣たちからの奇妙な祝福だった。

「陛下、私ども家臣一同は全会一致で翠鈴妃さまを皇后さまへ推挙いたします」

玉座の間にて宮廷のすべての家臣を背にした黄福律が平伏する。

劉弦は眉を寄せた。

「黄福律、そなたなにを考えているのだ？」

なにを企んでいるのだ？と聞きそうになるのをこらえて、劉弦は彼に問いかけた。

華夢と福律のやり取りについては、昨夜翠鈴から聞いている。華夢を皇后にすることを彼がまだ諦めていないのは確かだ。

次にどう出るか、注視しなくてはと思っていた矢先の出来事だった。満面の笑みを浮かべる福律の考えが読めない。

「私は、結論を急がないと言ったはずだ」

黄福律が面を上げた。

「娘から聞いたのでございます。翠鈴妃さまがいかに寛容な心の持ち主で、皇后さまに相応しい方なのかということを。もとより私は、国の平穏のみを望む身にございますれば、翠鈴妃さまに立后いただくのが国のためと判断いたしました。他の者にもその旨伝えましてこのような結論と相成りました」

翠鈴の立后に反対していたのは福律と彼と親しい家臣たち。福律さえ賛成すれば否とは言わないだろう。

「つきましては、国の平穏と安定のため、翠鈴妃さまの立后の儀を急ぎ執り行いましょう。民を早く安心させなくては」

翠鈴の立后に賛成するだけでなく、急ぎことを進めようとする福律は、明らかになにかを企んでいる。このまま、彼の思惑に乗せられるわけにいかないと、劉弦は首を横に振る。

「翠鈴妃は世継ぎの出産を控えている。立后は生まれてからでも……」

「ですが陛下、後宮の妃たちは翠鈴妃さまの立后を心待ちにしておる様子。民にとっても皇后さまの立后は、喜ぶべきことにございます。急ぐにこしたことはございません」

福律の言葉に同調するように、家臣たちが「陛下、おめでとうございます！」と声をあげはじめた。

「翠鈴妃さまの立后を心よりお祝い申し上げます！」

福律の思惑はともかく、他の家臣たちは本心からの言葉だ。

後宮の妃たち、民のためだと言われたらそれ以上拒むこともできなくて、劉弦は仕方なく頷いた。

立后の儀は、日柄のよい日が選ばれて、夕刻大寺院にて執り行われた。

天候は荒れ模様、黒い雲がとぐろを巻く空のもと、天界へ続くと言われている断崖絶壁の崖のそばに設けられた祭壇にて、華夢が祈りを捧げている。翠鈴は祭壇のそばで跪き彼女を見ていた。

立后の儀にあたり、華夢が翡翠の手の使い手として祈りを捧げると提案したのは黄福律だ。あの夜彼は『私に考えがある』と言っていた。

これがその考えなのだろうか？　立后の儀という国家行事で大役を果たせば、翡翠の手の使い手として盤石な地位が築けると？

それにしても、それだけのために翠鈴の立后に賛成するだろうかと、翠鈴は訝しむ。この件の詳細を聞かされているのだろうか、華夢がどこか得意げに祈りを捧げている。

「……緑翠鈴が皇后として、末長く在るよう祈りを捧げます」

祈りの言葉を終えて、華夢が祭壇の上にひれ伏した。ずらりと並ぶ家臣たちの中から黄福律が立ち上がる。劉弦と翠鈴、それからこの儀を見守るすべての家臣と妃を見回し、口を開いた。

「翠鈴妃さまの立后を心よりお喜び申し上げます。黄一族は、皇帝陛下と皇后さまに永久に忠誠を誓います」

そう言って頭を下げる。その彼の言動に一同息を呑んだ。玉座に座り事態を見守っている劉弦も意外そうに眉を上げている。

娘を皇后にするということにつき、対立してきた皇帝とのやり取りに終止符を打つということだ。本当ならばよい話だが……。

福律が、祭壇の上の自らの娘に視線を送った。

「忠誠の証として、黄一族は、翡翠の手の使い手である華夢を、陛下の黄泉《よみ》の国の皇后さまとして捧げます……」

その言葉に翠鈴はハッとする。劉弦が眉を寄せ、家臣がざわざわとしはじめる。

──黄泉の国の皇后。

つまり生贄《いけにえ》として捧げるということだ。

思いもしなかった彼の言葉に、翠鈴が華夢を見ると彼女は驚愕し目を見開いていた。

「お父さま……？」

福律が歩きだし、祭壇に上がる。華夢が恐怖に顔を引きつらせた。

「華夢、お前の望みを叶えてやる。陛下の皇后になりたかったのだろう？」

福律の言葉に首を横に振った。

「そんな……。私……」

劉弦が立ち上がり声を荒らげる。

「福律!! やめろ！　私はそのようなことを望んでいない！」

玉座を下りて祭壇の下までやってくるが、すでに華夢のそばまで来ている福律に迂闊に近寄ることができない。

「ダメ！　やめて!!」

翠鈴も劉弦の隣に駆け寄った。

福律が振り返り、劉弦に向かって両腕を広げた。

「陛下、古来より祈りを捧げる際の生贄はなくてはならないもの。願いが深ければ深いほど高貴な生贄を捧げるべきにございます。……寵愛のない宿命の妃にはぴったりの役割。翠鈴妃さまの立后につき私ども黄一族がどれほどのものを差し出したのか、よく覚えていてください」

残酷な言葉を口にして、翠鈴に向かって頭を下げた。

「翠鈴妃さま、私どもは華夢の代わりにあなたさまを娘とし、末長く後見することをお約束いたします」

つまり華夢を切り捨て、翠鈴を娘に挿げ替えて、権力を誇示しようというわけだ。

信頼していた父親に裏切られた華夢は、色を失っている。その彼女に福律が頭を下げた。

「黄泉の国の皇后さま、彼方の世界で陛下をお支えください。あなたさまは、黄一族の誇りにございます」

にやりと笑みを浮かべる福律に、翠鈴の背中がぞくりとする。考えるより先に、祭壇の床を蹴った。

「ダメ――!!」

「翠鈴!!」

劉弦の声も耳に入らなかった。

父親に肩を押されて真っ暗な崖に倒れ込む華夢が妙にゆっくりと見えた。ひらひらと舞う彼女の長い袖を掴もうと手を伸ばし、翠鈴も祭壇から身を乗り出す。

ぐらりと身体の均衡が崩れ、翠鈴も真っ暗な崖の向こうへ……。

ひゅおおお、という谷から吹き上げる雄叫びのような風の音を聞き、恐ろしさに目を閉じる。谷底へ落ちてゆくのを覚悟した時——。

柔らかいものに受け止められたのを感じて目を開くと、華夢と共に銀色の龍に抱かれていた。

「劉弦さま！」

「……無茶をするな。そなたは無理のできない身体だというのに」

安堵したように劉弦が言う。群衆からどよめきがあがった。

「皇帝陛下!!」

「龍神さまだ……！」

真っ黒な空に輝く美しい龍の姿に、跪きひれ伏して涙している者もいる。皆、劉弦の本当の姿を見るのははじめてなのだ。

劉弦がゆっくりと夜空を飛び、崖から離れた安全な場所へ翠鈴と華夢を降ろした。

呆然として座り込む華夢が無事だということに安堵して、翠鈴はホッと息を吐いた。

「華夢さま……よかった」

とにかく助かったのだ。これだけ崖から離れていれば、もう安心だ。

「陛下……？　翠鈴妃さま……」

劉弦と翠鈴を交互に見て、ぼんやりとしている。この状況をまだよく理解できていないようだ。

――そこへ。

「あああああ！」

雄叫びをあげて走りだしたのは、黄福律だ。彼はそのまま龍の姿の劉弦に突進した。

「ぐっ！」

劉弦の顔が苦痛に歪み、夜の空に飛び上がる。彼の前脚に短剣を突き立てたままの福律も一緒だった。

「陛下……！」

「宰相さま!!」

国の宰相が皇帝に剣を突き立てるという状況に、皆驚愕して動揺する。

福律は劉弦の上に馬乗りになり、突き刺さったままの短剣を引き抜く。ギラリと光る冷たい刃物は、赤い血に染まっていた。劉弦が苦しげに口を開いた。

「無駄なことだ、もはや諦めよ」

「くそお！　すべてうまくいっていたのに。皇帝陛下！　あなたが、華夢を寵愛しさえすれば！　あの娘が来なければ！」

やけになった福律が喚いた。

「翠鈴が来なくても私は華夢妃を寵愛しなかった。彼女は私の宿命の妃ではない。福律、おぬしはそれを知っていたのであろう？　古文書の話は眉唾物だな」

劉弦の言葉に、翠鈴のそばで華夢が「え……？」と掠れた声を出した。

「はっ！　面白いことをおっしゃる。まさか陛下ともあろうものが、宿命の妃などありもしない存在を信じておられるのですか？　翡翠の手も宿命の妃もただの言い伝えでしょう！　そんなものはこの世に存在しない。だったら家柄のいい私の娘がなるのになんの問題があるのです？」

すべてを暴露しはじめる福律の言葉に群衆がどよめいた。

「騙《だま》されていた民は愚かだが、あなたさまもでございます。はっ！　そもそも神など愚かなものだ。何百年もの間、我ら黄族に操られていたのだから！」

不穏な言葉に群衆が静まり返ると、福律は鼻を鳴らした。

「先の皇帝の治世で反逆罪に問われた緑族は、ただ我ら黄族に濡れ衣を着せられただけのこと。皇帝は我らの言うことを信じて宰相に重用した。つまり騙されていたのです。なにが神だ！　なにが皇帝だ！」

「なるほど、それが古文書に書かれていたことだな」

劉弦の問いかけに福律が弾かれたように笑いだした。

「ははは！　民も富も権力も、すべて私のものにございます、皇帝陛下。以前の弱りきったあなたさまのままであられたら、こんなことしなくて済んだのです。もはやこの国にあなたさまは、不要にございます！」

そう言って憎しみのこもった目で劉弦を睨む。身体を大きく反らして、再び短剣を振りかざす。

「陛下！　ご覚悟！」

真っ黒な雲に真っ白な光が走り、雷鳴が轟《とどろ》く。短剣から逃れるために、劉弦が身体をうねらせた。その拍子に、福律は身体の均衡を崩す。

「あ、ああー！」

短剣を振り上げた格好のまま、崖の下の谷底へ消えていった。

「劉弦さま!!」

翠鈴が彼を呼ぶと夜空の上で苦しげに一回転した後、地上に降り立ち人の姿に戻る。

純金の刺繍が施された外衣の肩のあたりがどす黒い血の色に染まっている。

「陛下！」

「龍神さま……！」

あまりのことに近づけずにいる群衆を背に、翠鈴は駆け出した。

愛おしい人が流す血に気が動転する。

「劉弦さま！　血が……！」

「翠鈴、走るな。無茶をするなと言っただろう。そなたは無理のできぬ身体。これくらいは大事ない」

大事ないと言いながら彼は地面に膝をつく。額に汗が浮かび、息が荒い。

血の上の真っ赤な光に、翠鈴は考えるより先に手をかざす。彼の傷と苦痛を少しでも和らげたい一心だった。

途端に、劉弦がまばゆい緑の光に包まれる。

群衆から、「おおー！」という声があがった。

光が消えると同時に、傷は塞がったのだろう。劉弦の表情が楽になる。そのまま翠鈴を抱きしめた。

「無茶をするなというのに」

耳元の声音に力強さを感じて翠鈴はホッと息を吐く。大きな背中に腕を回した。

「このくらい、なんでもありません。劉弦さま、よかった……」

一連の出来事を、固唾を呑んで見守っていた者たちから、誰ともなく声があがる。

「傷が消えた？」

「翡翠の手だ……」

「翠鈴妃さまが……？」

「皇帝陛下の傷を癒やしてくださった。翠鈴妃さまが、翡翠の手の使い手だ」

「宿命の妃だ！」

その中から、悲痛な声があがる。

「そんな……！　嘘、嘘よ……！」

華夢だ。彼女は古文書の本当の内容は知らなかったのだろう。父親に騙されていた事実を受け止めきれず、首を振っている。

「華夢妃を安全な場所へ連れていき、手当てするように」

劉弦が指示すると、数人の従者が彼女を抱えるように連れていった。

劉弦が見守る人々に向かって宣言した。

「私は、翠鈴妃を皇后とする。私は彼女を唯一の妃とし、彼女がこの地に在る限り、末長くこの国に平穏と繁栄をもたらすと約束しよう！」

――その瞬間。

どどどと夜空を揺るがす歓声が、群衆からあがる。空を覆っていた厚い雲の隙間から月明かりが差し込んだ。

「翠鈴妃さま！」

「皇后さま!!」

「おめでとうございます！」

広大な国土を持つ水凱国で、長きにわたり続いた民の憂いが、今完全に晴れていく。

水凱国の新しい時代が幕を開けた。

「まったく……。なにもなかったからいいものの、無茶をするなと言うのに……。崖の向こうへ翠鈴の身体が倒れ込むのを目にした時は肝が潰れそうな心地がした」

夜更けの皇帝の寝所にて、寝台に入り身体を起こした翠鈴を後ろから抱いている劉弦が、ぶつぶつと小言を言っている。眉を寄せ、厳しい表情ではあるが、その手には温石が握られていて優しい手つきで翠鈴の身体を温めている。

「申し訳ありませんでした……」

背中に感じる彼の身体を心地よく感じながら翠鈴は謝った。

「私のお腹にはお世継ぎがいることを、これからは肝に命じます」

今までも自覚していたつもりだが、翠鈴の周辺が騒がしくて自分の身体を第一に考えられていなかった。でも立后の儀を終え、翠鈴に反対する勢力もなくなったこれからは、大切にできると思う。

劉弦がため息をついた。

「だから、世継ぎうんぬんは関係ないと申しておるのに……」

そう言って劉弦は翠鈴の顎に手を添えて優しく振り向かせる。自身も覗き込むようにして、すぐ近くからジッと見つめた。

「私は、翠鈴自身が大切なのだ。お腹の子も世継ぎだからではなく翠鈴との子だから心配なのだ。これからは自分を大切にすると約束してくれ。そなたを想う私のためにでなければ、ずっとここに閉じ込めておかなくてはならなくなる」

熱のこもった眼差しに翠鈴の頬が熱くなる。鼓動が速くなるのを感じながら、翠鈴は頷いた。

「こ、これからは自分の身体を第一に考えるとお約束します……。世継ぎを宿しているからではなく、私を想ってくださる劉弦さまのために」

「ん、よろしい」

劉弦が微笑んで翠鈴の頬に口づける。その笑顔と甘い感触に、どうにかなってしまいそうになる。心を落ち着けるために、少し関係のない話題を口にする。

「皆落ち着いたでしょうか？」

波乱の立后の儀が終わった後、身重の翠鈴はすぐに医師のもとへ運ばれた。そのまま診察を受けて劉弦の寝室へ落ち着いた頃、彼がやってきたのである。

あの後、大寺院に残っていた皆がどうしたのか知らないのだ。

「ああ、妃たちは後宮に帰し、家臣たちもそれぞれの屋敷で待つよう命じた」

「華夢妃さまは？」

「身柄を拘束された。明日以降事情を聞かれることになるだろう。だが、あの状態では……」

自分が翡翠の手の使い手ではないと知った彼女の嘆きはすごかった。ずっと信じてきたことが根底から崩れ落ちたのだ、当然だろう。

「華夢妃さま、おつらいですね」

翠鈴が言うと、劉弦がふっと笑みを漏らした。

「そなたは、また……。人のことばかりだな」

そして翠鈴を包む腕に力を込めて、耳元で囁いた。

「だが、だからこそ、私は翠鈴に惹かれるのだ。愛おしいと思うのだな」

「……え？」

その言葉に、翠鈴は目をパチパチとさせた。

「どういうことですか？　劉弦さま」

思わず聞き返してしまう。聞き間違いじゃないかと思うくらいだった。だって、神である彼の口から愛おしいという言葉が出るなんて。

劉弦が眉を寄せた。

「どういうこととは、どういうことだ。そのままの意味に決まっているではないか。いつかの夜にも言ったであろう？　私は翠鈴が愛おしい」

「愛おしい……いつかの夜って……」

混乱しながら翠鈴は記憶を手繰り寄せる。

そして熱が出ていた夜の夢に思いあたった。

「まさかあれ、夢じゃなかったの……？」

唖然として呟くと、劉弦が頷いた。

「そうか、翠鈴は眠りに落ちていたのだな。ならもう一度言おう。いや何度でも繰り返そうか。私は翠鈴を愛おしく思う」

「そんな……だけど、劉弦さまは……」

神だから、そのような感情はないと思っていた。

翠鈴の言いたいことがわかったのだろう。劉弦が目を細めた。

「神が人を愛さないと誰が言ったのだ？ いや私もはじめはそう思っていたのだが……。だが翠鈴を誰よりも大切に思い、ずっとこうしていたいと願う。これが人で言う愛おしいという感情ではないのか？」

自分を見つめる熱のこもった眼差しを、信じられない思いで翠鈴は見つめる。

慈しむような視線。自分を包む温かい腕……。

そして、彼が自分に向ける気持ちの正体をはっきりと、理解する。なぜなら、自分も同じ気持ちを抱いているから。

「……はい。そうだと思います」

翠鈴も、彼を誰よりも大切に思い、ずっとこうされていたいと願う。

「私も劉弦さまを愛しく思います」

胸をいっぱいに満たしている温かな想い、それを飾ることなく口にする。今までは言えなかった気持ちだ。

劉弦が目を細めて翠鈴の頬を手で包む。その感覚を心地よく感じながら翠鈴は目を閉じた。

愛おしい人と、心を通わせてはじめての幸せな口づけだった。

終章　新たな命

腕の中で黒い髪と漆黒の瞳の赤子がほぎゃほぎゃと可愛い泣き声をあげている。小さな足で力強く腕を蹴り、大きな口を開けて、元気いっぱいである。後宮の自分の寝所にて寝台で身体を起こして座る翠鈴は、笑みを浮かべて見つめている。

宰相が皇帝に反逆し最後は命を落とすという衝撃的な事件で幕を閉じた立后の儀からしばらく経った。劉弦の尽力により水凱国は落ち着きを取り戻している。

宰相の地位は廃止になり、代わりに複数の家臣で構成される元老院を置くことになった。

『人の心は純粋で他者を思う温かいもの。だが欲に溺れることがあるのも確かだ。今後は、ひとりの者に権力を集中させないようにする』

劉弦の言葉に、家臣たちは深く頷いたという。

長が皇帝に刃を突き立てるという大罪を犯した黄族は、逆賊として貴族の地位を剥奪された。

古来より、翡翠の手は緑族の娘に引き継がれていた。歴代皇帝は彼女たちを寵愛し緑族を信頼していたという。それを妬んだ黄族が彼らに反逆の罪を着せ都から追い出したのだ。そして長年にわたり宰相の座を独占していた。この事実は黄族の古文書に記載があり、代々長のみに伝えられていたという。

なにより翡翠の手の使い手を偽り、皇后の座につけて権力を保持しようと企んでいた罪が重いと、一族すべての者を処刑すべしとの意見も出たが、劉弦はそれを退けた。

『件の話は、すべて長である福律が独断でしていたこと。華夢本人ですら、真実を聞かされてはいなかった。憎しみが憎しみを生むことを私は望まない』

華夢は罪には問われなかったが、心を病み失意のうちに後宮を後にした。

そして月が満ちて、翠鈴は玉のような男の子を出産した。

劉弦により、凪《なぎ》と名付けられた彼は今翠鈴の腕の中で盛大な泣き声をあげている。

生まれる前は、神であり本来は龍神である劉弦との子がいったいどのような姿なのか見当がつかないと思っていたが、今のところ人の赤子とあまり変わりはない。髪は翠鈴に似て黒、目元は劉弦にそっくりだ。愛する人との間にできた小さな命が愛おしくてたまらなかった。

とはいえ、なかなか泣きやまないのが心配だ。乳もやって着替えもした。それなのに泣いているということは、具合でも悪いのだろうかと、翠鈴は不安になる。

赤子が生まれてまだ七日目。母親になったとはいえまだどこかおっかなびっくり世話をしている状態だ。

「どうしたの？　どこか痛いところがあるの？」

答えなどないとわかっていても、尋ねずにはいられない。そこへ、蘭蘭が入ってきた。前が見えないくらいたくさん積まれた赤子の布おむつを抱えている。泣いている凪を見てにっこりとした。

「ふふ。大きな声。健やかでよろしいですね」

翠鈴は彼女に助けを求めた。

「お乳もやったし、着替えも済ませたのに泣きやまないのよ。具合でも悪いのかしら？　医師さまにお診せした方がいい？」

すると蘭蘭はおむつを台へ置きこちら側へやってくる。凪を覗き込んだ。

「お顔の色は悪くないように思えますが。眠いのではないですか？　あ、ほら、目を擦った。翠鈴さま、凪さまを身体にぴったりつけるようにお抱きになって、お背中を優しくとんとんとして差し上げてください」

蘭蘭の言う通りにすると、凪は小さなあくびをした後、うとうととしはじめる。やがてすやすやと眠りに落ちた。

「さすがねえ、蘭蘭は。私、赤子が眠いだけで泣くなんて知らなかったわ」

背中のとんとんを続けながら翠鈴は感嘆のため息をついた。

「弟妹を寝かしつけるのなら、右に出る者はおりませんでしたから！」

蘭蘭が胸を張った。

出産に関しては、なにからなにまで蘭蘭に頼りきりだった。もちろん数日に一度の宮廷医師の診察は受けていた。けれど、日々のちょっとした心配事などは蘭蘭に相談していた。なにより、そばにいてくれるだけで翠鈴は安心できたのだ。

天涯孤独の翠鈴がはじめてのお産を滞りなく過ごせたのは彼女の力が大きかった。

「私は幸運ね」

翠鈴はしみじみと言った。

「娘に男女のことやお産のことを教えるのは、母親の役目っていうじゃない？　私は両親を早くに亡くしたし、診療所を切り盛りしながら生きていくのが精一杯だったから、誰かと夫婦になるのも赤子を産むのも無理だって思ってた。それなのにここへ来てこの子を産むことができた。はじめてでわからないことだらけだったけど、こんなに安心して産めたのは蘭蘭がいてくれたからよ。私、蘭蘭に出会えてよかったわ」

するとと蘭蘭は口をへの字に曲げて、目をうるうるとさせる。近くに積んである布おむつを一枚手に取り顔をうずめて、おいおいと泣きはじめた。

「わ、私もです〜！　翠鈴さまあ〜！　翠鈴さまが来られてからここで働いてよかったって思っております——！」

「ら、蘭蘭、それおむつ……！」

とそこへ、コンコンと扉が叩かれる。答えると、静かに開き芽衣がひょこっと顔を出した。

「翠鈴、起きてる？」

「芽衣、どうぞ」

彼女は勝手知ったる様子で、部屋の中へ入ってきて翠鈴の腕の中を覗き込む。そしてとろけそうな表情になった。

「ね、寝ていらっしゃる……！」

「ついさっきまでは、泣いてたんだけど」

彼女はうっとりとして凪を見つめる。

「はぁ〜。お美しい、お美しい。おめめが閉じて、ほっぺがぷくぷく……」

「芽衣妃さま、なにかご用があるんじゃないですか？」

蘭蘭に問いかけられて、夢から覚めたように目をパチパチとさせた。

「あ、そうだった……。蘭蘭、皇帝陛下のお世継ぎは、まだお生まれになったばかりでも術をお使いになるのね？　私いつも凪さまを目にしたらそれまで考えていたことが頭から吹き飛んで、可愛らしいお顔をずっと見ていたいって気分になるわ」

蘭蘭がくすくすと笑った。

「確かに凪さまは特別お美しい赤子ですが、もともと赤子というのはこういうものなのですよ。目にした者は笑顔にならずにいられません」

「なるほど」

赤子の世話をたくさんしてきた蘭蘭の見解に、芽衣は納得する。そしてこほんと咳払いをして、翠鈴に向かって頭を下げた。

「皇后さま、本日の妃をお通ししてもよろしいでしょうか？」

〝本日の妃〟というのは、凪を見たいという希望者だ。

立后の儀の後しばらくして、劉弦は後宮を解放すると宣言した。妃たちは自由になり故郷へ帰ってもよいことになったのだが、芽衣を含む半分ほどが残ったのである。

それは皇帝の寵愛を諦めていないから……というわけではなく、翠鈴と離れたくないという理由だった。

後宮を閉鎖して劉弦の宮へ移る予定だった翠鈴は、彼女たちの願いにより、後宮へ残ることになったのだ。

『だって陛下は昼間執務をされているじゃない。その間、皇后さまは、宮でおひとりで陛下をお待ちになるんでしょう？　なら私たちと一緒に過ごしてほしいです』

劉弦はそれをしぶしぶ了承した。

『翠鈴は私のものだが、私だけのものではないのか……。仕方がない』

翠鈴としても、彼女たちと一緒にいたい気持ちがあり、昼間は後宮で過ごし、夜は劉弦の宮へ行く、あるいは劉弦がこの寝所へ来るという生活を続けている。

翠鈴の出産は後宮の妃たちにとっても一大事で、出産直後は凪をひと目見たいと妃たちが翠鈴の寝所へ詰めかけた。だが産後すぐにたくさんの人に会うのはよくないという宮廷医師の指導により、誰にも会えなかった。

そこでその整理を買って出たのが芽衣だ。希望者を募り、平等に順番を決めて毎日このくらいの時間にひとりずつ連れてくる。

「今日は芸汎妃さまです」

芽衣の言葉に翠鈴は頷いた。

「ありがとう、芽衣」

翠鈴が言うと、彼女はにっこりと笑って扉に向かって声をかける。

「芸汎妃さま、どうぞ」

芸汎が遠慮がちに入ってきて、翠鈴の腕の中を覗き込み両手で口もとを覆った。

「お、お眠りになっていらっしゃる……！」

寝台のそばの椅子に腰を下ろして、感無量といった視線で凪を見つめている。

「芸汎妃さまこんにちは。お越しくださいましてありがとうございます」

翠鈴が声をかけると、彼女は頷く。が、どこかうわの空だ。

目はずっと凪を見ている。

「私、こんなにお美しい赤子をはじめて見ました……！　凪さまは陛下のお子さま。すなわち龍神さまのお子。生まれながらにして人を惹きつける力がおありなんでしょうか？」

芽衣がわけ知り顔で口を開いた。

「確かに凪さまは、特別美しいお子さまですがそもそも赤子というのが、私たちの心を惹きつけるものなのですわ、芸汎妃さま」

「そうなのね」

芸汎が納得して、翠鈴に向かって頭を下げた。

「改めまして、皇后さま。このたびはお祝いを申し上げます」

「ありがとうございます。芸汎妃さま。お祝いの品もたくさんいただきまして」

翠鈴は心から礼を言った。

芸汎が目を潤ませた。

「お礼を言うのは私ですわ、皇后さま。ここへ残ることをお許しいただけただけでもありがたいのに、こうして陛下と皇后さまのお世継ぎを目にすることができたのですから」

実家と確執がある彼女は、一番はじめに後宮から出たくないと言った妃だった。今彼女は、ひとりで生きていくための道を模索しながら後宮にいる。

「それにしても、お美しい。私などが目にしていいのかと思うくらいですわ」

芸汎がそう言ってうっとりと目を細める。その時、しゅっという音がして、白菊が姿を現した。

「きゃあ！」

皆声をあげ、翠鈴も目を丸くする。

「し、白菊さま……！　お、驚くじゃありませんか」

彼は芸汎の苦情を無視して、翠鈴の腕の中の眠る凪を覗き込む。赤い目でジッと見つめて呟いた。

「さすがは、陛下のお世継ぎだ。あやかしである私でも見ているだけでなにやら心惹かれる気分になる……」

「白菊さま、いったいどうされたんですか？」

翠鈴が問いかけると、「皇帝陛下、おなりです」とだけ告げて、またしゅっと音を立てて姿を消した。

皆が顔を見合わせた時。

「翠鈴！」

バンッと勢いよく扉が開き劉弦が入ってきた。

芽衣と芸汎が目を丸くして慌てて床に跪く。蘭蘭だけは慣れた様子で椅子を持ってきた。劉弦がこんな風に執務の合間に突然やってくるのはよくあることだからだ。

彼はそこへ腰かけて、翠鈴の腕の中を覗き込んだ。

「寝てるのか」

「はい、さっきまでは起きていたんですが」

翠鈴が答えると、凪のふわふわの髪を優しく撫でた。

「可愛い寝顔だ。だが、目を開けているところも見たかった。凪の瞳は翠鈴そっくりだからな。翠鈴の瞳が私は好きだ」

そう言って今度は翠鈴の頬に触れる。

「陛下……！」

皆の前でまるでふたりだけの時のように振る舞う劉弦に翠鈴が声をあげると、後ろで芽衣と芸汎が真っ赤になって立ち上がった。

「それでは私たちは、これにて失礼いたします」

そう言って、そそくさと退室していく。

蘭蘭もニンマリとして「まだ干したままのものがございますゆえ、失礼いたします」と頭を下げて出ていった。

「芸汎妃さまは先ほど来られたばかりでしたのに」

彼女に申し訳ない気持ちで翠鈴が言うと、劉弦は肩をすくめた。

「私は翠鈴が後宮にとどまることを認めているのだ、このくらいは許されるだろう」

そう言って寝台に腰を下ろして、凪を抱いたままの翠鈴を抱き寄せ、頬に口づけた。

「本当はふたりとも私の近くにずっと置いておきたいのだ。そうすれば執務中もそばにいられる」

「そんな……そういうわけにはいかないでしょう」

皇帝らしからぬ彼の言葉に翠鈴が呆れてそう言うと、彼は額をくっつけてふっと笑った。

「だからこのくらいで我慢している」

そして今度は瞼に口づけた。

「もう少ししたら、誕生の宴を執り行おう。凪を皆に見せるのだ。美しく健やかな凪を見れば、民は皆喜ぶだろう」

瞼に触れる甘い感覚に翠鈴の胸は温かい気持ちでいっぱいになる。さっきまでの話を思い出してくすくすと笑った。

「皆さまが、凪を可愛がってくださるのがありがたくて嬉しいです。こんなに心が惹かれるのは凪が龍神さまの子だから、なにか術を使うのか？って言われたくらいなんですよ」

「皆が凪に心惹かれるのは、私の子だからではない。翠鈴の子だからだよ」

「私の？　まさか、私はただの人です」

翡翠の手の使い手ではあるけれど、それ以外に特別な力はない。

劉弦がふわりと微笑んだ。

「いや、そうではなくて。皆翠鈴が好きなのだよ。だからこの子のことを可愛がってくれるのだ。人が人を思う気持ちはそういうものだろう？」

そう言って彼は、今度は翠鈴の額に口づける。甘やかなその感触に、翠鈴は幸せな気持ちで目を閉じた。

「はい、劉弦さま」

「翠鈴は私にとって宝だが、この国にとっての宝でもある。翠鈴を連れてきた白菊の手柄だな。あの折はずいぶんと悲しい思いをさせたが」

翠鈴は微笑んだ。

「私、ここへ来られて幸せです。いろいろありましたけど、こうしてこの子を抱けるのですから」

悲しい思いも、つらいこともたくさんあったけれど、これでよかったのだと思う。自分はここへ来る運命だったのだ。

劉弦がにっこりと笑って凪に視線を落とした。

「いつか凪を連れて翠鈴の生まれた村へ行こう。母の故郷をこの子にも見せてやるのだ」

「村へ？　本当ですか？」

懐かしい風景が頭に浮かんだ。

山にへばりつくように並ぶ素朴な家々、気のいい人たちの笑顔……。

「凪にも村を見せてやれるんですね。嬉しい」

「翠鈴の家は、いつ翠鈴が帰ってきてもいいように、村人たちが手入れは続けていたようだ。今は都から派遣した医師がそこで診療を続けている」

「手入れを……そうなんですか？」

意外な話に翠鈴は目を見開いた。

「ああ、翠鈴は村の人たちに頼りにされていたんだな。攫ってきてしまったことを詫《わ》びなければ」

皇帝が村人に詫びるなんて本当ならあり得ない。でもその彼の気持ちが嬉しかった。

抗えない運命に引き寄せられて今ふたりはこうしている。

それは間違いないけれど、ふたりを結ぶのはそれだけではない。互いに互いを慈しみ大切に思う心が確かに存在する。

劉弦が凪を起こさないよう気遣いながら、翠鈴を抱きしめた。

「だが、どのように懐かしくとも、村人たちに請われようとも、帰してやるわけにはいかぬ。私は生涯、翠鈴を手離すつもりはない」

自分と凪を包む力強い温もりに、翠鈴は目を閉じて身を預ける。

「故郷は懐かしいですが、もはや帰りたいとは思いません。私の居場所はここです。

劉弦さまのそばで生きると決めたのですから」

瞼の裏に、自分の進むべき道がまっすぐに続いている。

大切な人たちが暮らすこの国に平穏をもたらす龍神であり、民を思う皇帝である彼は重たいものを背負っている。その彼を一番近くで支えたい。それが自分の運命であり、心から望むことなのだ。

目を開くと、劉弦が熱のこもった眼差しで翠鈴を見つめていた。

「翠鈴、私はそなたが愛おしくてたまらない」

「私もです、劉弦さま」

ゆっくりと近づく彼の視線に、幸せな気持ちで胸をいっぱいにしながら、翠鈴はゆっくりと目を閉じた。

了

あとがき

このたびは、『龍神の100番目の後宮妃～宿命の契り～』をお手に取ってくださりありがとうございます。お楽しみいただけましたでしょうか？

一から百までの順位が妃につくという決まりがある後宮で、百番目の妃が皇帝の子を懐妊した、というところから始まる本作品、実は書きだすまで少し不安でした。

後宮ものを書くのが久しぶりだったからです。しかもこの設定は、相当なドロドロ展開が予想される……。ちゃんとドロドロさせられるかしら？と、不安に思っていたというわけです。結果、そんな心配は無用でした。

書き始めてみれば、嫌味な言葉はすらすらと頭に浮かび、嫌がらせのバリエーションもたくさん思いつき……当初想定していたよりも、早く書き上がったくらいです。ドロドロ展開、どうやら私、かなり好きなようです。

ですがそれだけでなく、思いがけない懐妊に戸惑いつつも心寄せ合う翠鈴と劉弦、妃同士の友情、最下位からの下剋上など、たくさんのものを詰め込みましたので、そのあたりもお楽しみいただけていたら嬉しいなと思います。

中華後宮ファンタジー、本当に楽しく書きました！　また機会があれば書きたいな、と思います。

さて、カバーイラストを担当してくださったのは、Shabon先生です。元気で賢くて優しい心を持った翠鈴を、めちゃくちゃ可愛く描いてくださいました！　衣装も背景もなにもかも素敵です！　先生の書いてくださった可愛い翠鈴に惹かれて、この本を手に取ってくださった方もたくさんいらっしゃることと思います。Shabon先生、ありがとうございました！

また、この作品を書くにあたりまして、サポートしてくださった担当者さま、編集担当者さまに厚く御礼申し上げます。この作品をひとりでも多くの方に届けるべく、有益なアドバイスをたくさんくださいました。おふたりの力なしに、この作品を文庫として世に送り出すことはできなかったと思います。本当にありがとうございました。

最後になりましたが、私の作品を手に取ってくださった読者の皆さまに、御礼申し上げます。私が作品を書き続けられるのは、応援してくださる皆さまのお力に他なりません。本当に、ありがとうございます。

これからも、楽しい作品を書けるよう精進します。

またいつかどこかでお会いできたら嬉しいです！

皐月なおみ

この物語はフィクションです。実在の人物、団体等とは一切関係がありません。

皐月なおみ先生へのファンレターのあて先
〒104-0031　東京都中央区京橋1-3-1　八重洲口大栄ビル7F
スターツ出版（株）書籍編集部 気付
皐月なおみ先生

龍神の100番目の後宮妃
～宿命の契り～

2023年11月28日　初版第1刷発行

著　者　皐月なおみ　

発行人　菊地修一
デザイン　カバー　北國ヤヨイ（ucai）
　フォーマット　西村弘美
発行所　スターツ出版株式会社
　〒104-0031
　東京都中央区京橋1-3-1　八重洲口大栄ビル7F
　出版マーケティンググループ　TEL 03-6202-0386
　（ご注文等に関するお問い合わせ）
　URL　https://starts-pub.jp/
印刷所　大日本印刷株式会社

Printed in Japan

ISBN　978-4-8137-1508-5　C0193